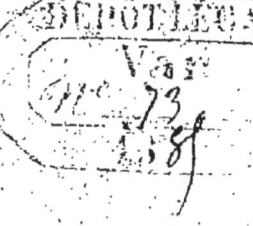

NOTICE

HISTORIQUE ET STATISTIQUE

SUR LA COMMUNE DE

LA GARDE-PRÈS-TOULON

ET SUR L'EX-COMMUNE DE

SAINTE-MARGUERITE

SUIVIE DE

PROMENADES ARCHÉOLOGIQUES ET ARTISTIQUES

PAR

M. Charles GINOUX

PRIX : **2** FRANCS

TOULON

A. ISNARD & Cie, ÉDITEURS

Boulevard de Strasbourg, 56.

—

1885

NOTICE

HISTORIQUE ET STATISTIQUE

SUR LA COMMUNE DE

LA GARDE-PRÈS-TOULON

ET SUR L'EX-COMMUNE DE

SAINTE-MARGUERITE

SUIVIE DE

PROMENADES ARCHÉOLOGIQUES ET ARTISTIQUES

PAR

M. Charles GINOUX

—◦❍❀❍◦—

TOULON

A. ISNARD & Cie, ÉDITEURS

Boulevard de Strasbourg, 56.

—

1885

TOULON. — IMPRIMERIE A. ISNARD & Cie,
Boulevard de Strasbourg, 56.

AVERTISSEMENT

Les archives de la Garde, ainsi que les minutes des notaires, ayant été complètement détruites par l'incendie général qui eut lieu en 1707, dès l'arrivée, dans ce village, des troupes du duc de Savoie, destinées à assiéger Toulon, mon intention, en écrivant ces pages, n'a pas été de faire, même succinctement, l'histoire proprement dite de cette petite cité. Le seul but que je me suis proposé, a été de donner sur cette commune une simple notice historique et statistique, accompagnée de descriptions des nombreux édifices, plus ou mois anciens et ruinés, qui couvrent son sol, et qui sont comme les témoins de ses prospérités et de son importance passées. Après avoir interrogé tous ces divers témoins, muets, il

est vrai, mais dont la pierre, en parlant aux
yeux, évoque bien des souvenirs ; après avoir
prêté l'oreille aux traditions locales, qui, quoi-
qu'ordinairement empreintes d'exagération, renferment toujours des vérités ; puis, consulté les
travaux des écrivains qui se sont occupés de
l'histoire de la Provence, et les papiers d'archives
qui restent, j'ai pensé qu'il serait possible de
reconstituer, en partie, le passé de la localité
anciennement appelée La-Garde-lès-Toulon.

NOTICE HISTORIQUE ET STATISTIQUE

SUR

LA GARDE, LE PRADET

ET

SAINTE-MARGUERITE

LA GARDE

La commune de la Garde est bornée, à l'est, par les communes de la Crau et d'Hyères; au sud, par la mer; à l'ouest, par la commune de Toulon; au nord, par celle de la Valette, et, au nord-est, par le territoire de Solliès-Farlède. Le village, situé sur une ligne tendant de Toulon à Hyères, et bâti sur un grand rocher ou pic, soulèvement volcanique de 85 mètres d'altitude, est dominé par un château féodal ruiné. Il est distant de Toulon, de 8 kilomètres, par chemin de fer, et de 7 kilomètres, par la route départementale. Sa distance de Paris, par chemin de fer, est de 939 kilomètres. Sa latitude est entre le 43e et le 44e degré, mais plus près du 43°.

Du point le plus élevé de ce bourg, un des plus ravissants panoramas se déploie à l'œil. En se mouvant en

rond, à partir du levant, on aperçoit les montagnes des
Maures (1) et une partie de la riche vallée du Var; Hyères,
sa campagne et ses îles ; la *Colle-Noire* ; la mer, sur
laquelle se profilent de riants coteaux ; une partie du
territoire de Toulon; enfin la montagne de *Pharon* (2), et
celle de *Coudon* (3), aux formes sculpturales; la première
mesurant 665 mètres au-dessus du niveau de la mer, la
seconde 706 mètres 50 centimètres.

La côte, qui, depuis le *Baou-Rouge* (4) jusqu'à *Port-
Magaud*, limite, au midi, le territoire de la Garde, est
agreste et riante tout à la fois ; c'est une des côtes les
plus pittoresques de notre rivage méditerranéen. Elle est
très-accidentée, les contrastes se succèdent ; ici, se pré-
sentent des roches ou de hautes falaises, d'une rusticité
sauvage, que couronnent des arbustes rabougris, et contre lesquelles déferlent, parfois, des vagues énormes;

(1) Les montagnes de la *Sauvette* et de *Notre-Dame-des-
Anges*, près Pignans, dont l'altitude est de 779 mètres, sont les
plus hauts sommets des Maures.

(2) Anciennement appelé la *Bada*, cette montagne prit ensuite
le nom de *Pharon*. De temps immémorial, il existait à son sommet, un poste de guette, où l'on faisait des signaux, d'où le nom de
Bada, qui signifie lieu pour regarder, pour observer, et celui de
Pharon ou phare.

(3) Le nom de *Coudon*, qu'on trouve aussi écrit *Codon*, lui
vient de sa forme, vue d'un certain côté. Les étymologistes s'ac-
cordent pour faire dériver le mot provençal *Coudoun, Codoing*,
en français coing, de Cydon, en grec *Kûdon*, d'où le latin *Cydo-
nium, Cydonia*, ville de Crète, d'où provient le cognassier.

(4) Hauts rochers, très escarpés, d'une teinte rougeâtre, situés
à l'est de la batterie ou pointe de Carqueiranne, et où se trouve
aujourd'hui la limite qui sépare, vers le bord de la mer, le territoire de la Garde de celui d'Hyères.

tandis que, non loin, on voit, encadrée d'élégants bouquets de pins et de charmantes villas, une plage, au sable doré, que caresse l'écume argentée d'une mer bleue à peine ridée par la brise du large. Les lieux qui frappent le plus l'esprit, en même temps que les yeux, sont : *Port-Magaud* et les grands rochers que domine l'antique château de Sainte - Marguerite ; l'endroit appelé, dans les siècles passés, *Cros-des-Pins,* aujourd'hui, *Pins-de-Galle* ; la colline de *San-Peyre* (Saint-Pierre), où, dit la tradition, les Templiers avaient établi, au douzième siècle, un poste d'observation ou vigie sur des restes de constructions gallo-romaines, restes dont on voit encore une partie ; la vallée et, l'anse qu'on nomme *Val-Bonnette,* et, plus loin, le golfe *Garonne* et la pointe de Carqueiranne que domine la *Colle-Noire,* dont l'élévation au dessus du niveau de la mer est de 295 mètres.

D'après le dernier cadastre, qui remonte à 1828, la superficie du territoire de la Garde est de 2,530 hectares. Sa longueur moyenne est d'une lieue un quart de Provence ou 7,500 mètres, et sa largeur moyenne d'une lieue ou 6,000 mètres. Les principaux cours d'eau sont : la petite rivière appelée l'*Eygoutier* (égout), dont la source se trouve au quartier de l'*Estagnol* (de *stagnum*, étang), dans la commune d'Hyères, et l'embouchure dans la grande rade de Toulon ; et le torrent de *Regua-nas* (1) (ruisseau qui coule), qui prend naissance à l'est

---

(1) Etymologie du grec *rhega, rhege,* raie, fente, crevasse, et de *nas* qui vient du grec *naô,* couler. En latin *riga,* de rigare, arroser ; provençal, *reguo, regua,* raie, sillon, ruisseau.

et vers le haut de la montagne de Coudon et afflue dans l'Eygoutier.

Une carte routière, dressée en 1873 par M. Gilly, agent-voyer, donne pour total de la longueur des chemins qui sillonnent le territoire de la Garde, 43 kilomètres 680 mètres ainsi répartis : Chemins de grande communication, 17,690 mètres ; de moyenne communication, 2,150 mètres ; de petite communication, 20,130 mètres ; route nationale, 3,710 mètres. Dans ce nombre ne sont pas compris d'autres chemins connus sous le nom de *carrères*. De ces 43 kilomètres 680 mètres de chemin, 23 kilomètres sont entretenus par la commune.

On trouve, dans le territoire, dix fours à cuire le pain, en activité ; cinq fabriques renommées de tuiles, briques, etc. ; six moulins à huile, un moulin à farine à eau, une distillerie, un atelier de vannerie pour l'exportation, une mine de cuivre, de nombreuses carrières de pierre, un petit port naturel abritant des barques de pêche, et 638 maisons ou bastides.

Le grand et riche village du Pradet fait partie, ainsi que les hameaux d'*Astouret*, de *Sainte-Marguerite* et de la *Ginouze* (1), de ladite commune, dont les principales productions sont : le vin, l'huile, le blé, les oignons potagers.

Avant la révolution de 1789, la Garde était pourvue,

(1) En 1827, L. C. Ginoux, commerçant à Toulon, fit l'acquisition du terrain aujourd'hui occupé par ce petit hameau, et fut le premier à y construire un bâtiment, pour distillerie. Ayant renoncé à son entreprise, il vendit ledit bâtiment à M. Lavène. Le groupe de maisons situé sur la route départementale, est à 2 kilomètres de la Garde.

comme les autres communes, d'une juridiction subalterne ou justice de paix de l'époque. L'auditoire et le greffe se trouvaient dans l'ancien château seigneurial appelé *Château de M. de Passis*. Après la révolution, la Garde avait été érigée en chef-lieu de canton.

On lit dans un livre de raison du dix-huitième siècle (1) : « Le village de la Garde était autrefois beaucoup plus important qu'il ne l'est aujourd'hui. Il était habité par plusieurs familles de distinction et par beaucoup de personnes vivant du produit de leurs propriétés ou d'autres revenus. Le voisinage de Toulon y attirait un grand nombre de gens aisés, qui trouvaient dans cette localité tous les avantages qui se rencontrent dans une bonne ville, soit pour l'établissement des familles et l'éducation des enfants, soit pour la facilité qu'on avait pour le débit des denrées. Malgré les grands malheurs que ce village a éprouvés, il se trouve encore dans son terroir quelques bons *ménages*.

« Le siège de Toulon, par terre et par mer, qui fut commencé dans le mois d'août 1707 (2), par l'armée des alliés et celle du duc de Savoie qui les commandait, ruina complètement cette commune. Le village fut entièrement

---

(1) Archives de la Garde. — Registre CC. 29.

(2) Ce fut le 26 juillet que le duc de Savoie établit son quartier général à la Valette, et fit camper les quarante mille hommes qu'il commandait entre ce village et la mer. Une partie de cette armée garda ce campement pendant quelque temps, la flotte anglo-hollandaise, qui devait la pourvoir de canons et de munitions, ayant été retenue aux îles d'Hyères par les vents contraires. Dans la nuit du 21 au 22 août suivant, l'armée des alliés décampa de Toulon, et se mit en marche en prenant le même chemin qu'elle avait suivi en venant.

pillé et brûlé ainsi que toutes les maisons de campagne et leurs fermes. Les terres furent ravagées et les récoltes emportées. C'est à ces causes de destruction qu'est due l'absence, dans les archives communales, de tous les papiers et documents qui pourraient nous renseigner sur ce qu'a été ladite commune, et sur la direction de ses affaires jusques au temps où tous ces papiers et documents ont été brûlés, sans en excepter ceux des notaires du lieu. »

Après le départ des troupes du duc de Savoie, le Conseil municipal se réunit, pour la première fois, le 9 octobre 1707. Dans cette réunion, qui eut lieu dans la maison d'Henry Masseillais, à cause de l'incendie de la maison commune et de toutes les autres maisons du voisinage, on lut le rapport suivant, fait par les maire et consuls : « Après l'arrivée des troupes ennemies dans le terroir du lieu, elles entrèrent dans le village avec une fureur extraordinaire, enlevèrent tous les effets qui y étaient, dépouillèrent les habitants, et, ensuite, mirent le feu dans le lieu, de manière que toutes les maisons, à la réserve de quelques unes, ont été entièrement brûlées, et firent en outre un grand ravage et dégât dans l'église paroissiale, enlevèrent les cloches, tableaux, ornements et abattirent plusieurs endroits de ladite paroisse, en façon qu'elle n'est plus en état pour pouvoir servir à y célébrer les saints offices. »

Dans des minutes notariales, on trouve les lignes suivantes : « . . . . et les troupes des ennemis ayant obligé les habitants de la Garde de décamper du lieu à cause des hostilités qu'ils exerçaient, ledit Jacques Bousquet, gendre de Henry Masseillais, qui s'enfuyait avec sa femme pour venir se réfugier à Toulon, fut assommé par une patrouille de hussards dans la pièce du nommé Sarraire, située au quartier de *Pouverel* (1). Elle se sauva de la mort après avoir vu son mari périr cruellement sous les coups de ces soldats. »

A cette immense désolation, vint s'ajouter l'hiver excessivement rigoureux de 1709, qui fit périr tous les arbres fruitiers et même de gros pins ; puis, la peste de 1721, qui, d'après la tradition, emporta presque tous les habitants de ce pauvre village ; enfin la mortalité des arbres et la perte des récoltes, en 1755, à la suite de violents orages et de la rigueur de l'hiver.

En 1721, au moment où la peste commença à faire des victimes, la population, déjà fort diminuée à la suite des malheurs sans nombre qu'elle avait éprouvés, fut réduite, après que beaucoup de familles, pour éviter le fléau, se furent réfugiées à la campagne, à 415 habitants, dont il mourut plus de la moitié (230, d'après le relevé Papon) (2). Cependant, malgré l'amoncellement des ruines du dix-huitième siècle, et les émigrations qui en furent la conséquence, en 1786, la commune de la Garde comptait 1,567 âmes, dont 839 dans le village et 728 dans les bastides. Deux ans après, il y avait 123 habitants de plus. Le dernier recensement, opéré en 1881, donne pour

(1) Du mot latin *pulvis, pulveris*, qui signifie poussière. Le quartier appelé *Pouverel* est très exposé au vent. En italien *polve, polvere*, pour poussière.

(2) Sur un des versants de la colline de *Paradis*, quartier de Carqueiranne, on trouve des restes de cabanes en pierres posées à sec, que construisirent des habitants de la Garde réfugiés en cet endroit.

nombre total des habitants, agglomérés et éparpillés, le chiffre 2,867; mais je crois que l'on serait plus près de la vérité en disant 3,000.

Voici un extrait des états qui furent envoyés, en vue d'obtenir des indemnités, à M. Charbonnier, agent de la communauté à Aix, à la suite du siège de 1707. Il nous fait connaître, d'une manière très-approchée, sinon exacte, les pertes subies, tant par les habitants de la communauté de la Garde que par ceux de Toulon et autres lieux y possédant des biens :

Maisons brûlées 173, estimées	46.344^l 9^d
Grains et meubles brûlés ou emportés. . . .	59.361 »
Oignons et chanvre emportés.	5.160 »
Dommages faits à la paroisse et aux chapelles.	5.273 14^d
	116.139^l 3^d

Bastides brûlées 323 :

Bastides des habitants du lieu	59.439^l »
Bastides des particuliers de Toulon	68.251 1^d
Total général. . . .	243.829^l 4^d

Fourrage pris ou brûlé. . . . . 13.153 quintaux.
Paille prise ou brûlée. . . . . 3.760 —

Quant à l'origine du village qui nous occupe, elle semble passablement ancienne. Il n'en pourrait être autrement; sa situation géographique et la fertilité des champs qui l'environnent ayant dû y appeler de bonne heure des habitants. Les Gallo-Romains furent pendant cinq siècles, de l'an 50 avant Jésus-Christ à l'an 476 après, les seigneurs ou possesseurs des terres de la Garde. Si l'on ne retrouve aucune trace de leurs habitations sur les ver-

sants où est bâti le village actuel, c'est que, amoncelées,
du cinquième au neuvième siècle, par les envahissements
successifs d'un grand nombre de peuplades, et par les
guerres intestines, leurs ruines ont disparu sous les édifices construits pendant et après la féodalité. On ne
reconnaît de ces ruines que des fragments de tuiles plates
à rebords incorporés dans les murailles des plus anciennes constructions, des fragments de béton parmi les
décombres. Son nom, Garde, ne peut lui venir que d'une
tour de garde ou d'observation établie dès les premiers
siècles du moyen âge, pour prévenir les surprises des
brigands ou de voisins ennemis, tour qui servit aussi à
arrêter les incursions des Sarrasins, et au pied de laquelle
se groupèrent les premières maisons. La situation excep-
tionnelle du château semble suffisamment démontrer ce
que j'avance ; ainsi, du haut du donjon ou tour de la
guette (1), on aperçoit non-seulement tous les points où se
trouvaient des vigies, telles que celles de Notre-Dame-
de-vieille-Garde, sur la montagne de Sicié, de Pharon,
de Sainte-Marguerite, de la pointe de Carqueiranne, de
Gyen, mais encore la Commanderie de Beaulieu, au-delà
de la Crau, le château d'Hyères, et la vallée du Var jusqu'à Puget-Ville, dominé par la grande et baroque tour

_____

(1) Tour sans toit, à plate-forme avec parapets, dont la voûte
sphérique est percée pour transmettre les signaux, donner ou
recevoir des ordres.

Dans l'armorial de la Garde, on trouve, sous le mot GARDE,
les majuscules D T, qu'on suppose signifier « de Toulon », ces
armoiries étant antérieures à la prise de possession de la seigneurie par les de Thomas ; d'où *Garde-de-Toulon*, et plus tard,
Garde-lès-Toulon.

du Faucon (1), avec sa porte basse à gonds de pierre sans mamelons, d'où, au moyen âge, les habitants éparpillés dans les nombreux hameaux voisins devaient recevoir les signaux d'alerte, et dans laquelle, au besoin, ils pouvaient trouver un refuge.

La charge incombant à la Garde, devait être celle de transmettre à la guette de Toulon les signaux qui lui venaient de la presqu'île de Gyen, de la pointe de Carqueiranne et d'autres lieux d'observation, hors de vue ou à une trop grande distance de ladite guette de Toulon. Cette dernière, à son tour, faisait des signaux que la Garde transmettait à l'intérieur des terres, par la vallée du Var et autres endroits, où devaient être établies des tours-postes desquelles on n'apercevait aucune vigie des environs de Toulon, si ce n'est celle de la Garde (2).

(1) Cette tour, de construction barbare, dont le plan pentagonal est d'une irrégularité telle qu'il surprend, doit avoir été établie à l'époque intermédiaire entre l'occupation romaine et les premiers temps de la féodalité. Ordinairement, les tours romaines, ainsi que les donjons féodaux, étaient sur plan régulier, circulaire ou carré, et avaient leur porte à une certaine hauteur; en sorte qu'il fallait se servir d'une échelle pour y monter.

(2) A 3 kilomètres de la Garde, dans la direction de Solliès, se trouve le quartier de *Tourache*. Sur la crête de la colline qu'on y rencontre, on voit la souche d'un petit bâtiment rectangulaire, qui pourrait bien être une ancienne tour de guette ayant fait partie de la ligne de signaux dont la Garde était la tête. Le lieu où est situé cette tour est la dernière étape, à l'est de Toulon, d'où l'on puisse apercevoir le sommet de Pharon, la vallée du Var, en ce point, s'infléchissant vers le nord-est de manière que ce sommet se trouve caché, par la montagne de Coudon, pour tout le reste de ladite vallée. La *Tourache*, démolie peu à peu, avait ses angles formés de pierres calcaires apportées d'assez loin. Ces pierres ont les arêtes, seulement, unies, le reste du parement est

On sait que les tours destinées aux gardes ou guetteurs chargés de surveiller l'approche des Sarrasins ont été construites dès le huitième siècle, et que pendant longtemps elles furent très-répandues, principalemement sur le littoral méditerranéen. Ces tours, qui ne se perdaient jamais de vue l'une l'autre, correspondaient entre elles au moyen de signaux convenus, consistant en des feux, la nuit, et en des colonnes de fumée épaisse, le jour, dans le but de pouvoir se prémunir à temps contre l'ennemi commun. Cet usage se conserva longtemps sur nos côtes ; dans une lettre datée du 13 avril 1327, le sénéchal de Provence prescrit aux Toulonnais, entre autres mesures, la suivante : « On établira, le jour, au moyen de la fumée, et la nuit, au moyen du feu, des phares (*pharonos*) sur les montagnes et les lieux élevés » (1).

L'origine des armes des cités provençales remonte à la fin du onzième siècle. La terre de la Garde portait le titre de baronnie bien avant l'édit, rendu en 1696, époque de détresse financière, qui obligea toutes les communes à faire enregistrer leurs armes dans l'armorial général.

piqué. Parmi les décombres, on rencontre des fragments de tuiles plates à rebords, de jarres, de béton composé de briques concassées et de petites pierres calcaires ou gravier de torrent. Ces vestiges, dont on rencontre les pareils sur plusieurs points de ce quartier, sont, comme on sait, de provenance gallo-romaine. Si ce petit bâtiment a été construit sous la domination romaine, il a dû subsister pendant plusieurs siècles après, et être utilisé comme tour-poste.

(1) Archives communales. — Série EE, art. 9.

(Les lunettes d'approche ne furent inventées que dans le premier quart du dix-septième siècle).

Il est certain que l'ancienne paroisse, assez remarquable pour le lieu et l'époque de sa construction, a été fondée, au plus tard, dans la seconde moitié du douzième siècle, et que le château féodal qui la domine lui est antérieur. En 1204, la seigneurie de la Garde faisait partie de la seigneurie souveraine d'Hyères (1). En 1215, les seigneuries d'Hyères, de la Garde et autres places furent vendues à la communauté de Marseille par Geoffroy Irat, Guy Camerlenc, Guillaume de la Garde et Pons de Fos (2). En 1366, la reine Jeanne, qui, ainsi que le roi Robert, s'était précédemment occupée des limites du territoire de la Garde, décida que cette commune ferait partie du bailliage de Toulon et non de celui d'Hyères (3). En 1367 Guillaume de Glandevès-Faucon prit possession du château de la Garde qu'il venait d'acheter. Après les de Glandevès, qui tinrent la seigneurie jusque vers le milieu du seizième siècle, les seigneurs de Thomas de Sainte-Marguerite furent barons de la Garde jusqu'en 1789.

Comme nous l'apprend le livre de raison dont j'ai donné un extrait, le village de la Garde fut longtemps florissant ; mais ses anciennes prospérités furent bien des fois traversées par de grands maux, résultats de froids excessifs, d'inondations, d'invasions étrangères, de guerres de religion. Avant les calamités qui fondirent sur elle pendant le dix-huitième siècle, cette commune avait été, plusieurs fois, mise à contribution, assiégée,

(1) Bouche, *Histoire de Provence*, tome I, page 870.
(2) Bouche, *Histoire de Provence*, tome I, page 870.
(3) Le nom de bailliage fut changé contre celui de viguerie en 1524.

pillée, dévastée. En 1524, Charles, duc de Bourbon, s'é-
tant révolté contre le roi, vint pour s'emparer de Toulon.
Un fort détachement de son armée, sous les ordres du
chevalier de Croys, seigneur de Baurains, s'empara de
Cuers, de Solliès et des châteaux de la Valette et de la
Garde. C'est de ce dernier lieu, « qui touche presque
aux murs de Toulon » (1) que le chevalier de Croys envoya
un trompette pour sommer verbalement les habitants de
Toulon de venir auprès de lui faire leur soumission (2).
En juin 1530, douze galères africaines s'arrêtèrent aux
îles d'Hyères. Le terroir entre Hyères et Toulon, jusqu'à
la Valette, fut le principal théâtre des dévastations de
leurs équipages (3). L'année suivante, en 1531, Barbe-
rousse, cet écumeur de mer, qui s'était rendu redoutable
par de nombreux brigandages sur terre comme sur mer,
ayant opéré un débarquement sur la côte de Carquei-

---

(1) En 1310, le territoire de Toulon avait ses limites, à l'ouest,
au quartier de *Las Baumetas* (près la première poudrière), à
l'est, au quartier des *Darbossèdas*, qui se trouve entre Toulon et
la Valette. D'après la tradition, le territoire de la Garde, à une
époque assez reculée, s'étendait, au nord, jusqu'au village actuel
de la Valette, où l'on voit une fontaine encore appelée *Fontaine
de la Garde*, et devait avoir, à l'ouest, ses finages au-delà dudit
village. En 1545, de nouvelles limites entre Toulon, la Valette et
la Garde furent autorisées par François Ier, qui écrivit une lettre
à ce sujet. C'est probablement de cette année 1545, que datent les
limites actuelles, qui étaient les mêmes en 1633, puisqu'il est dit
dans un acte de cette année à propos des limites entre la Garde
et la Valette : « Du terme de Sainte-Musse, passant par le sommet
du Touart, en tirant jusqu'à la pièce de Château-Redon possédée
par Jean Cabasson de la Valette jusqu'au fossé qui va au moulin
de Saint-Michel et appelé le *Pas du Canadou*. »

(2) Archives de la ville de Toulon.

(3) BRUN, *Documents sur la marine de Toulon*, page 15.

ranne, s'avança vers Toulon, avec ses pirates barbaresques, dans l'espoir de prendre cette ville par surprise.
Après avoir pillé la Garde, qui se trouvait sur son passage,
et qui sans doute n'était pas préparée à la défensive, il alla
camper à la Valette, qu'il incendia à son retour vers sa
flotte (1). Lors de l'invasion, en 1536, de la Provence par
Charles-Quint, la Garde ne dut pas échapper au saccagement de la côte, depuis Antibes jusqu'aux Bouches-du-
Rhône, par André Doria. Vers la fin des guerres de
religion, notre ville fut bien cruellement éprouvée. Des
rebelles s'étant réfugiés à la Garde, dont la position semblait favorable à la résistance, Toulon, en 1595, eut à
fournir des hommes et des munitions pour en faire
le siége L'expédition ne fut pas longue, mais le
château fut fortement endommagé (2). Nostradamus,
historien qui vivait de 1555 à 1629, raconte dans
son *Histoire de Provence* : « En janvier 1595, les
autres troupes du duc d'Epernon se logèrent à la
Garde, à la Valette et à Dardenne, où elles firent, par une
semblable barbarie à celle de Belloc, prisonnier le sieur
d'Ardenne, de la famille de Thomas, jà chargé de septante
ans, nonobstant sa barbe et son poil vénérable étant contraint malgré qu'il eut de racheter sa liberté pour le prix
de dix mille francs qu'il fit délivrer au Duc. Ces mêmes
troupes firent passer par les coignées et les flammes les
grands et fructueux oliviers de Thollon, qui sont de
forme gigantale, et vont de pair avec les plus haults

(1) Gustave Lambert, *Œuvre de la Rédemption des captifs à Toulon*, page 16.
(2) Archives communales de Toulon.

chesnes.... mettant le feu aux bastides et maisons cham-
pêtres, qui en étaient impitoyablement dévorées. Et ce
qui sentait sa fureur plus que scythique, espouvantans les
habitants par mille estranges cruautés. » Le même historien dit autre part : « Le 16 janvier 1596, le prince Lorrain
(Charles, duc de Guise) alla assiéger la ville d'Hyères qui
avec le monastère et la mort de plusieurs bons hommes de
chasque part, fut bientôt mise en son pouvoir, le fort restant
encore à prendre, qu'il ne trouva à propos d'espreuver
pour ce coup là ; si qu'il tira droit sur la Garde qu'il
assiégea rigoureusement et prouva par deux rudes et
sanglants assauts, lesquels se trouvèrent si inutiles et si
mortellement dommageables, que le siège fut quitté. »

Dans cette circonstance, comme on voit, les habitants
de la Garde défendirent vaillament les remparts que leurs
pères avaient payés de leurs sueurs en les construisant
eux-mêmes. Eh bien ! ces remparts, qui, au seizième siècle, faisaient de ce village une place forte réputée impre-
nable, et que la commune (dont ils sont la propriété)
faisait encore réparer, dans le milieu du dernier siècle,
seulement pour assurer leur conservation, sont aujour-
d'hui démolis par de nouveaux Vandales.

LE PRADET (1)

Ce riche village, dont peut-être l'importance ne tardera pas d'égaler celle de la Garde, métropole de la commune dont il fait partie, ne date pas de loin. Vers le milieu du dix-septième siècle, il n'est parlé, dans les actes notariés, que du chemin de Carqueiranne et du quartier du *Pradel*. Sans doute, à cette époque, notre village n'était qu'un hameau naissant, composé de quelques fermes éparses dans le quartier dont il a pris le nom, et qui lui-même tenait ce nom des prés qui s'y trouvaient. Aujourd'hui le Pradet est un grand village, où l'on rencontre cinq usines renommées pour la fabrication des tuiles, briques, et même d'objets de poterie. Il est entouré de belles campagnes, et n'est éloigné de la mer que d'un kilomètre. Une belle route de deux kilomètres le relie à la Garde. La station du chemin de fer de Paris à Nice, qui dessert la commune, et qui est à cheval sur cette route, n'est distante du Pradet que de 1,600 mètres. Le château de Sainte-Marguerite n'est séparé de ce dernier que de 3 kilomètres. Le chemin carrossable qui conduit au golfe Garonne, à la Colle-Noire et à la pointe de Carqueiranne, prend naissance dans ledit village du Pradet, en se bifurquant avec celui de Toulon à Carqueiranne. A cent mètres

---

(1) Du provençal, *prat, pradel;* latin, *pratum;* espagnol, *prado;* italien, *prato.*

environ du même bourg, se trouve un ancien château
seigneurial, qui, en 1667, appartenait à noble Joseph de
Catelin. On y voit aussi une jolie église moderne, du
style roman de la période secondaire. (Voir château et
église du Pradet.)

SAINTE-MARGUERITE

Le plus grand nombre des habitants de Toulon et de
de la commune de la Garde connaissent le charmant
quartier de Sainte-Marguerite, et les côtes si pittoresques
qui l'avoisinent. Quel est celui qui, en parcourant ces
côtes, n'a pas été ravi d'admiration, en présence, soit de
la crique de Port-Magaud et de la grandiose falaise, de 50
mètres d'altitude, que surplombe, presque, du côté de la
mer, l'antique château de Sainte-Marguerite ; de ces rochers tellement beaux qu'on les dirait avoir été taillés et
coloriés pour le plaisir des yeux et de l'esprit ! soit des
sites de *Cros-des-Pins* et de la colline de *San-Peyre* ;
soit encore du golfe Garonne qu'encadrent des bois de
pins et d'élégantes villas. Presque tous les Toulonnais,
ai-je dit, connaissent les superbes tableaux qu'offre le
rivage de Sainte-Marguerite ; mais ce que la plupart
d'entre eux ignorent, c'est que cet aimable séjour a été
commune pendant deux cent cinquante ans, et que cette
ancienne commune lilliputienne a été, au seizième siècle,
le berceau d'une branche de l'ancienne maison de Thomas,
branche qui fut à son tour la souche de toutes les autres

branches de ce nom répandues dans les environs de Toulon, et dont plusieurs membres ont, dans les trois derniers
siècles, occupé, entre autres, à Toulon, les plus hautes
charges municipales, à Aix, la présidence du Parlement.

En 1549, Sainte-Marguerite était commune de la
viguerie de Toulon. En 1557, messire Gaspard de Thomas était seigneur de Sainte-Marguerite, et en même
temps coseigneur de la Garde et de la Valette. En 1608,
Henri IV érigea la commune de Sainte-Marguerite en
baronnie, en faveur de Nicolas de Thomas, fils de Gaspard (1). La double seigneurie de Sainte-Marguerite et de
la Garde est restée dans la famille des Thomas jusqu'à la
révolution de 89. La commune de Sainte-Marguerite
ayant demandé à être réunie à celle de Toulon, le Conseil
de cette dernière, par délibération du 2 mars 1784, s'y
opposa. Plus tard, en 1795, le territoire de la commune
en miniature fut réuni à celui de la Garde. Dans un
registre de la marine, il est dit, au sujet de la coupe des
bois devant s'effectuer de 1720 à 1725 : « Sainte-Marguerite (la commune de) est un vieil château sur le haut
d'un rocher au bord de la mer ; il n'y a pas de village,
mais seulement quelques granges dispersées dans son
terroir; il n'y a qu'un seul bouquet de bois, pins et
chênes, situé à la porte du château. » A la suite du rapport d'estimation du 12 mai 1666, fait par le conseiller
Dedon, commissaire assisté de deux experts, les limites
des territoires de Sainte-Marguerite et de la Garde
avaient été ainsi arrêtées : « Du côté du midi, la mer;

(1) BOUCHE, *Histoire de Provence*, tome II, page 341.

du midi au nord, ligne allant du Cros-des-Pins (Pins-de-Galle) au chemin de Carqueiranne ; du levant au couchant, chemin de Carqueiranne jusqu'au pont de la Clue, et de ce point, la rivière de l'Eygoutier jusqu'au pont du Suve. » La ligne qui séparait, du midi au nord, le territoire de Sainte-Marguerite de celui de Toulon, est le chemin qui va du pont du Suve à l'Ilète, à la mer. (Voir château et chapelle de Sainte-Marguerite.)

Armorial de la commune de la Garde-lès-Toulon.

PORTE : coupé, au 1er, de gueles à une rose de cinq feuilles d'argent, accosté de deux étoiles d'or; au 2me, d'or à un D et T de sable en chef et une étoile de gueule en pointe. Le tout sous un chef d'argent chargé du mot GARDE en lettres capitales de sable.

Armoiries de la commune de Sainte-Marguerite.

PORTE : d'azur, à une Sainte-Marguerite contournée de carnation, vêtue d'or et de gueules, étant à genoux sur un dragon de sinople vomissant des flammes de gueules, et la sainte regardant un rayon de lumière d'or, mouvant en barre du chef (1).

(1) Ce qui distingue les anciennes armoiries qui furent présentées à la suite de l'édit de 1696, à l'enregistrement par les communes, de celles qui furent, à cette époque, imposées d'office, c'est le mot PORTE qui précède les premières.

SEIGNEURS ET COSEIGNEURS

DE LA GARDE

Il ne nous a pas été possible de donner une table chronologique complète des seigneurs de la Garde. Des premiers, surtout, de ces seigneurs, les noms nous sont inconnus. Bouche, dans son *Histoire de Provence*, dit que la seigneurie de la Garde fut vendue, en 1215, par Guillaume de la Garde. Les de Glandevès ont tenu cette seigneurie du milieu du quatorzième siècle au milieu du seizième. Les barons qui leur succédèrent, furent, à la fois, seigneurs de Sainte-Marguerite et de la Garde jusqu'à la révolution de 1789. Ils étaient issus de messires de Thomas de Sainte-Marguerite. Suivant Bouche et Nostradamus, la Maison de Thomas a une noblesse des plus anciennes ; et la branche des Thomas, seigneurs de Sainte-Marguerite, la Garde, la Valette, Carqueiranne, Dardennes, Millaud et autres places, a eu pour ancêtre Antoine de Thomas, secrétaire du roi Réné, qui le nomma gouverneur de Toulon.

(1204) GUILLAUME DE LA GARDE. — Les seigneuries de la Garde, Cuers et Brégançon, qui relevaient de celle d'Hyères, furent vendues, en 1215, ainsi que cette dernière, à la communauté de Marseille, par Geoffroy Irat, Guy Camerlenc, Guillaume de la Garde et Pons de Fos (1).

(1) BOUCHE, *Histoire de Provence*, tome I, livre VIII, page 780.

(1367) Guillaume du Puget. — Il était de la noble famille de Glandevès-Faucon. En 1367, il prit possession du château de la Garde, qu'il venait d'acheter, après que le notaire Jean Hubac, délégué par la communauté de Toulon, se fut entendu avec celle de la Garde (1).

En cette même année 1367, Roustan de Murolis était coseigneur, et Jacques de Valbelle petit seigneur, page ou damoiseau, non encore armé chevalier.

(1440) Élie de Faucon. — Il était également de la famille de Glandevès-Faucon. Il avait noué une grande amitié avec les habitants de Toulon. En souvenir de cette amitié, le Conseil de cette ville délibéra, le 16 janvier 1440, de faire célébrer un service funèbre en l'honneur de son fils, évêque de Vence, qui venait de mourir (2).

(1442) Louis de Glandevès. — Il possédait, à Toulon, la maison rue des Marchands, 3, et rue de la République, 42.

(1477) Jean de Glandevès. — En 1474, il avait été dressé un registre de reconnaissance de ses propriétés situées à la Garde et à la Valette. En 1477, une transaction fut passée entre lui et les syndics (maires) de Toulon, la Valette et la Garde, au sujet de la plaine de cette dernière commune. « Transaction intervenue entre nobilem et generosum sentiferum Johannem de Glandevès,

---

(1) Archives commmunales de Toulon. — Série DD, n⁰ 25.
(2) Archives communales de Toulon, BB. 40. Registre.

Sr de la Garde, et universalis comitatis Toloni, Locorumque de Garde et Valeta Tolonensis diocœsis » (1).

(1543) RAYMOND DE GLANDEVÈS. — Seigneur de Faucon, sénéchal de Provence.

(1545) VICTOR D'ARTIGUES. — Docteur ez-droits, escuyer de Toulon, coseigneur de la Garde par les droits seigneuriaux sur la terre de la Garde, qu'il avait acquis de Mademoiselle Louise de Glandevès.

(1557) GASPARD *premier* DE THOMAS. — Il était seigneur de Sainte-Marguerite et de la Garde. D'après Papon, il avait été reçu, en 1573, chevalier de l'ordre de Saint-Michel. Il est probable qu'il était fils de Pierre de Thomas de Sainte-Marguerite, consul de Toulon en 1536, petit-fils d'Antoine de Thomas, le premier membre de la Maison de Thomas établi à Toulon dans le quinzième siècle. « L'an 1446, Ancestres des Thomas Srs de Sainte-Marguerite, La Valette et autres places. Leur écu : Croix pommettée, fichée d'or et escartellée de gueules et d'azur, jettant hors de son timbre deux bras dont les mains jointes ensemble soutiennent la même croix » (2).

(1571) PIERRE DE PONTEVÈS. — En 1571, le Conseil de ville de Toulon enjoignit à la commune de la Garde de

_____

(1) Archives de la Garde. — Copie sur parchemin, reçue le 28 avril 1685, signé Mollinier, notaire. — Le même acte de transaction se trouve dans les Archives communales de Toulon.
(2) BOUCHE, NOSTRADAMUS, *Histoire de Provence.*

ne pas souffrir les assemblées des partisans de la religion réformée, qui se tenaient tous les dimanches dans la maison du seigneur de Pontevès, et dans d'autres lieux, sous peine de voir le fait porté à la connaissance de la haute cour d'Aix (1). Pierre de Pontevès possédait de grands biens sur le territoire de la Garde, qui furent en partie achetés, en 1580, par Nicolas de Thomas. Henry de Pontevès, seigneur de Gyen, qui pourrait bien être le fils de Pierre, fut nommé, à la date du 6 octobre 1643, par Louis XIV, la Reine mère étant régente, capitaine et gouverneur de la tour de l'île de *Ribaudas*, terroir de Gyen, que Louis XIII avait fait construire (2).

(1580) Nicolas de Thomas. — Chevalier de l'ordre de Sa Majesté. En 1608, Sainte-Marguerite fut érigée en baronnie en sa faveur. Il était fils de Gaspard.

(1616) Charles d'Artigues. — Par acte du 20 avril 1545, reçu par Mᵉ Garelly, notaire à la Garde, mademoiselle de Glandevès, par partie dame de la Garde, vendit à noble Victor d'Artigues, docteur ez-droits, escuyer de Toulon, aïeul paternel dudit coseigneur Charles d'Artigues, ses droit seigneuriaux sur la terre seigneuriale de la Garde. Ce dernier les revendit, par acte du 23 novembre 1624, à messire Gaspard de Thomas, baron de Sainte-Marguerite, seigneur de la Garde. En 1616, Charles d'Artigues possédait, à Toulon, la maison rue des Marchands, nᵒ 11, et rue République nᵒ 52, maison qui

(1) Archives communales de Toulon, BB. 50. Registre.
(2) Document en ma possession.

avait appartenu au seigneur Louis de Thomas, et, anté-
rieurement, à noble Antoine de Thomas.

(1644) FRANÇOIS DE THOMAS. — En 1640, il avait
vendu le domaine et la seigneurie de Dardennes à la communauté de Toulon. En 1644, il possédait, dans la commune de la Garde, le château du Néoulier ou fief de la
Tour. Il était fils de Thomas de Châteauneuf et de noble
Anne d'Astour.

(1654) GASPARD *deuxième* DE THOMAS. — Il était fils
de Nicolas. Le 2 octobre 1619, il avait vendu le château
d'Astouret à M. de Saqui, François, lieutenant principal
de la sénéchaussée d'Hyères, et qui, en 1643, devint
lieutenant général de celle de Toulon.

(1667) LOUIS-FRANÇOIS DE CHABERT (feu).

(1672) JACQUES DE CHABERT. — Les de Chabert, es-
cuyers de Toulon, coseigneurs de la Garde, ont possédé,
de père en fils, une grande bastide avec terres considé-
rables dans la commune de la Garde. En 1585, N.-Gas-
pard de Chabert, fils de feu Antoine, achetait, à l'endroit
appelé la *Resclave* (écluse), un terrain et un *aiguier*
(ruisseau) de quatre pans (un mètre) de largeur, avec
un sentier ou passage, pour conduire l'eau du torrent de
Regua-nas dans ses terres. En 1741, la terre ou une
partie de la terre dite la *Chaberte* appartenait à madame
de Chabert de Pontevès, veuve de messire Gaspard de
Chabert.

(16...) JEAN-AUGUSTE DE THOMAS. — Président à mortier au Parlement de Provence, coseigneur de la Garde, fils et héritier de Jean de Thomas de la Garde.

(1677) JOSEPH DE CATELIN. — Conseiller et secrétaire du Roi au Parlement de Provence, coseigneur de la Garde, plusieurs fois maire de Toulon de 1697 à 1710. Il était beau-frère de Jules-César. Il avait épousé Jeanne, fille de Joseph-Paul de Thomas.

(1691) AUGUSTE DE THOMAS. — Marquis de Villeneuve, second président du Parlement d'Aix, mort en 1698. Par lettres patentes du 11 juin 1690, enregistrées le 12 mars 1691 (folio 51 de l'*Armorial général*), la terre de la Garde, qui portait le titre de baronnie, fut érigée en marquisat en sa faveur. Son mausolée, qui se trouvait dans l'ancienne église de la Magdeleine d'Aix, était l'ouvrage du scupteur Antoine Duparc.

(1708) JOSEPH-PAUL DE THOMAS. — Fils et héritier de Gaspard *deuxième*, son aïeul, il mourut le 11 février 1708, dans sa maison de Toulon, après avoir institué pour son héritier universel, Joseph-Charles-Paul de Thomas, son petit-fils. Il fut transporté à la Garde, et enseveli dans son tombeau élevé à côté de la chapelle Saint-Jean-Baptiste de la paroisse Notre-Dame. Son épouse, Blanche de Ricard, avait été ensevelie, le 20 septembre 1706, dans la chapelle de l'Annonciade de la même paroisse.

(1710) GASPARD *troisième* DE THOMAS. — Petit-fils de Gaspard *deuxième*.

(1716) JULES-CÉSAR DE THOMAS. — Fils de Joseph-Paul, et usufruitier de ses biens, il était allié par sa sœur aux Catelin. En 1714, il possédait la chapelle Sainte-Agathe et la grande maison qui lui est attenante. Le 20 juin 1716, il maria sa fille avec François des Martin de Puylobier. Il avait épousé Anne de Malanof de Toulon. Il mourut de la peste en 1721.

(1717) CHARLES-PAUL DE THOMAS. — Il avait hérité, par partie, de Jean de Thomas, docteur en théologie, du domaine du Néoulier ou fief de la Tour.

(1719) JEAN-JOSEPH DE THOMAS. — Baron de Cypières, conseiller du roi, président à mortier, coseigneur et consul de la Garde. Il avait hérité, par partie, de Auguste de Thomas.

(1721) GASPARD *quatrième* DE THOMAS. — Coseigneur de la Garde, ancien capitaine, frère de Joseph-Paul.

(1723) JULES-GASPARD DE THOMAS. — Baron de Sainte-Marguerite et de la Garde.

(1725) JOSEPH DE CORIOLIS. — Coseigneur de la Garde, chevalier, marquis, de famille très ancienne et noble de robe et d'épée, dont un membre commandait les galères à la conquête de Naples l'an 1450. Joseph de Coriolis avait épousé, le 24 septembre 1735, Marie-Gabrielle Raisson. Il mourut en 1747. La terre et bastide de *Lesquirol* faisaient partie de la riche dot de sa femme.

(1735) HYACINTHE DE CATELIN. — Coseigneur, fils de Joseph, il mourut en 1725.

(1739) Henry de Thomas. — Marquis de la Garde, baron de Cypières, seigneur de Villeneuve-Loubet, ancien conseiller au Parlement. Fils d'Auguste de Thomas, marquis de Villeneuve, il fut pendant tout le cours de sa vie le père et le soutien des pauvres. Sans enfants, il laissa en mourant sa riche succession à la famille Marck-Tripoli-Panisse-de-Passis. Il avait fait construire, à Aix, un hôtel remarquable par son architecture et les sculptures de sa porte. Cet hôtel existe encore sous le nom d'hôtel de Panisse. On trouve écrit, au bas du portrait d'Henry de Thomas gravé par J. Balechou d'après l'original peint par R. Vialle :

> De tous les indigents il se montra le père,
> Pour l'Etat et le Roi son zèle est sans égal,
> Et quoiqu'issu d'un sang royal,
> La modestie est son vrai caractère.

Ses armoiries, gravées par Joseph Vanloo, consistent en un écu circulaire, contenant une croix grecque pattée. Cet écu, accosté de deux lions, est surmonté d'une couronne de marquis, au-dessus de laquelle s'élèvent deux bras soutenant la même croix. Comme allusion à son inépuisable charité, le graveur a placé, à droite et à gauche, un ange soutenant une corne d'abondance d'où s'échappent des pièces de monnaie, que reçoivent, au-dessous, les indigents, dont il fut le père. Au-dessus de l'armorial, se déroule une banderolle ou ruban sur lequel on lit : *Gaudefredus apicem mihi dedit* (Godefroy me donna ces armoiries) (1).

---

(1) Les ornements qui entourent les écussons sont des ornements de pure fantaisie. Ce ne sont que les objets de l'intérieur du blason ou écu qui constituent l'armorial d'une ville, d'une

(1743) MARCK-TRIPOLI-PANISSE-DE-PASSIS (1). — Chevalier, marquis de la Garde, les Grasses (?), baron de Cypières, seigneur de Villeneuve-Loubet-et-Gandellet, seigneur de Carqueiranne. Il était fils de messire Marck-Tripoli-Panisse-de-Passis, chevalier, seigneur de Lamanon et de Beauveset. Par lettres patentes du 11 février 1743, enregistrées le 7 juin suivant (folio 405 de l'*Armorial général*), la terre de la Garde avait été érigée en marquisat en faveur du premier.

(1723-1767) CHARLES-JOSEPH-PAUL DE THOMAS. — Petit-fils et héritier universel de Joseph-Paul. On trouve dans le registre des décès de 1767 : « L'an 1767 et le 9 du mois d'octobre, le corps de messire Charles-Joseph-Paul de Thomas, haut et puissant seigneur, chevalier, baron de Sainte-Marguerite et de la Garde, conseiller du Roi en ses conseils, président de la Cour des aides, comptes et finances de cette province, âgé de 67 ans, mari de dame Anne-Eymarre de Boyer d'Argens d'Aiguilles, décédé hier après le minuit dans son hôtel de Toulon, a été apporté de la paroisse de Sainte-Marie et

famille, d'une corporation. Anciennement, les ornements, tels que couronnes murales, devises, lambrequins, branches d'arbres, etc., n'étaient que très-rarement mentionnés.

(1) Panisse, noble et ancienne famille de Provence (*Nobiliaire de Provence*).

Maison de Tripoli, dont l'écu à fond d'azur porte trois pointes de diamants ou triangles d'argent couronnés d'une étoile d'or. (NOSTRADAMUS, *Histoire de Provence*, page 229).

. . . De Passis, de très-noble Maison florentine, dont les ancêtres ont été souverains Gonfaloniers. (NOSTRADAMUS, *Histoire de Provence*, page 447).

présenté par messire Broquier curé de cette paroisse, et inhumé en l'église paroissiale dudit Garde à onze heures avant midi. »

Dernier seigneur de Sainte-Marguerite et de la Garde, il mourut après avoir perdu ses deux fils en bas âge. Sa femme, qui lui survécut environ vingt-cinq ans, avait été instituée usufruitière de tous ses biens, par testament solennel du 19 juin 1766, souscrit par Me Bouteille, notaire de la ville d'Aix, et enregistré le 19 octobre 1767. Le 15 octobre 1767, suivant les intentions contenues dans ce testament, il fut dressé par les soins de madame de Boyer, son épouse, messires des Martin de Puylobier et de Mazenod, ses neveux, et Mr Martelly, un inventaire général des maisons, châteaux, terres, meubles, papiers de famille, livres, tableaux, etc., dépendant de sa succession. Cet inventaire, à triple expédition, qui ne fut terminé que le 11 janvier 1768, se trouve dans les archives de Toulon. Par son testament solennel, le susdit seigneur avait nommé et institué pour son héritier universel, et pour le tout, celui des enfants mâles de feu Mre Joseph-François de Thomas la Valette qui se trouverait l'aîné des dits enfants après son décès, et après le décès de ce dernier tous les biens devant revenir par substitution graduelle et perpétuelle dans la descendance mâle, en gardant l'ordre de primogéniture. Par le même testament, des legs, consistant en sommes d'argent et objets divers, furent faits à plusieurs de ses parents, amis et domestiques.

« Inventaire général des biens du baron de la Garde, fait et signé par madame Anne-Eymarre de Boyer, baronne de la Garde, sa veuve, et par MM. Louis César des Martins, chevalier, marquis de Puylobier, Charles-Alexandre de Mazenod, président à la Cour des comptes, et Louis-Antoine-Marie Martelly de Chautard, ancien lieutenant-général en la sénéchaussée de Toulon, commencé aujourd'hui quinze octobre 1767 ainsi qu'il suit

. . . .

« Terminé le 7 janvier 1768, fait à trois exemplaires originaux, dont l'un a été remis à madame la baronne, l'autre à M. le marquis de Puylobier, et le troisième à l'héritier.

« Ont signé : Boyer-Lagarde, Puylobier, Mazenod, Martelly-Chautard. »

Les biens immeubles, contenus dans cet inventaire, et situés dans les enclos du village, sont : Le château ancien ; un grand moulin à huile ; une remise sur le chemin montant audit château (1) ; deux fours à cuire le pain ; château de Passis et ses dépendances. Ceux attenant ou situés hors de l'enclos, consistent en : Ferrages de Saint-Laurent, au nord ; de Sainte-Anne, à l'est ; des Pigeonniers, au sud ; de Saint-Maur, avec une aire au bout, à l'ouest ; ferrage à l'entrée du village où se trouvait la porte Saint-Maur (appartient à M. Vitton) ; une aire au-dessous du village où il y a un petit bâtiment dit

(1) Le moulin à huile et l'emplacement de la remise n'ayant pas été vendus, appartiennent à la communauté. Il en est de même de l'ancienne paroisse, des remparts, (qui n'ont jamais cessé d'être propriétés communales), et de toutes les places de maisons non réclamées par leurs propriétaires.

le *bastidon* (appartient à M. Castellan); « deux petits coins de terre » au-dessous du village dits les « *ferrageons*» ; un moulin à vent à farine, avec logement pour le meunier, et grande aire publique, attenant à la ferrage des Pigeonniers (appartient à M. Nepote).

PROMENADES ARCHÉOLOGIQUES

ET ARTISTIQUES

PÉRIODE GALLO-ROMAINE

50 ans avant Jésus-Christ, 476 après J.-C.

Restes d'une Bourgade. — Sur la route départementale de Toulon à Pierrefeu, qui traverse la Garde, et à un kilomètre, région est, de cette dernière localité, dans le quartier Saint-Michel, on voit un petit moulin à eau. Au-dessus de cet ancien moulin banal, qui existait déjà en 1580, se trouvent des restes d'une bourgade gallo-romaine consistant en des pans de murs solidement construits à chaux et sable, et en des fragments de béton de 30 à 40 centimètres d'épaisseur. Le mur en pierres sèches *(restanque)*, de construction moderne, qui borde, au nord, l'antique chemin contournant ledit moulin, et qu'on nommait au seizième siècle *(lou pas du jas des toures)*, c'est-à-dire le passage de la bergerie des tours, est en partie composé de gros blocs de ce béton, dont une face est unie et bien dressée à la règle. Non loin, on rencontre, dans un terrain en friche, une couche de plusieurs mètres d'étendue, de ce même béton, parfaitement nivelée, et encadrée, en un point, de fondations de murs se rencontrant à angle droit. Ce pavage intérieur des habitations que comprenait la bourgade, est formé de briques concassées et de petites pierres en calcaire liées par un mortier fait de chaux vive et de gros sable, et repose sur un lit de pierres brutes, guères plus grosses que le poing, posées à sec sur la terre. Cette sorte de mosaïque primitive, que l'humidité n'a pu pénétrer ni altérer, semble faite d'hier. Sur ces ruines, en partie recouvertes de terre, croissent des oliviers, des pins, des lentisques, des genêts, des thyms. Le sol est jonché de débris de tuiles plates à rebords, de vases, de briques, de grosses jarres. La plus petite épaisseur des parois des jarres est de 5 centimètres ; vers la base, cette épaisseur atteint jusqu'à 12 centimètres. La pâte argileuse, mal cuite et mêlée de très petites pierres, dont étaient formées ces jarres, est noirâtre ou d'un rouge gris. Les vases, non vernissés comme les jarres, sont, au contraire, ainsi que les tuiles plates à rebords, d'une pâte fine et serrée, tirant sur le rouge pâle. Quelques fragments de briques, dont l'épaisseur est de 8 centimètres, laissent deviner de grandes dimensions en longueur et largeur. Ces vestiges gallo-romains sont situés au pied du versant méridional, région est, de la colline du *Touart*. De ce point, on découvre de superbes campagnes.

Sépultures et autres restes. — En suivant la même route départementale, on trouve, à 3 kilomètres plus loin, dans le quartier des *Piols* ou de la *Tourache*, la bastide de M. Coulomb. Il y a un peu plus de vingt ans, en défonçant un champ, abandonné depuis longtemps, appartenant au dit M. Coulomb, on découvrit des sépultures gallo-romaines, consistant en des tuiles plates

à rebords disposées de manière à former un toit à deux
égouts, dont le faîte était terminé par des tuiles courbes.
On voit encore quelques unes de ces tuiles ; elles mesu-
rent 54 sur 30 centimètres de côté, et servent à couvrir
des ruches. On aperçoit, sous terre, un grand massif de
béton, et, de-ci, de-là, des débris de poteries ; ce qui
indique que des habitations ont existé en cet endroit.
Quelques annés après cette découverte, en creusant pro-
fondément le sol pour planter un figuier, on trouva un
cercueil en plomb non laminé, peut-être fondu sur le sable, renfermant un squelette de femme tombant en poussière. Le cercueil et son contenu furent transportés au
cimetière de la Garde. Un peu plus loin, dans la région
nord, un cultivateur découvrit, au-dessous des racines
d'un vieux olivier qu'il venait d'arracher, une citerne au
fond de laquelle était un seau en cuivre.

Puits antique. — Près de la colline du Touart, à
500 mètres du village, il y a un puits antique. Dans les
actes publics du seizième siècle, il est appelé le *Poux
vieil* (puits vieux). Il a donné son nom au quartier où il
se trouve. Il n'a guère que trois mètres de profondeur,
en mesurant du niveau du sol ; mais son ouverture est
d'un grand diamètre. En le creusant, l'eau a jailli à la
rencontre des roches, et l'on s'en est tenu là. Sa source,
abondante et de la meilleure eau, n'a jamais tari. Tout
laisse supposer que ce puits existait bien avant qu'on
creusât le Puits-d'Hyères et le Bon-Puits, dont l'origine
est passablement ancienne, et que les habitants de la
Garde en avaient l'usage. Dans les environs du Puits-
Vieux, on a mis à jour, en défonçant la terre, des frag-

ments de poterie, de tuiles plates à rebords et de béton de provenance gallo-romaine. La petite propriété dans laquelle est situé le Puits-Vieux, faisait partie, en 1580, des terres de Nicolas de Thomas, seigneur de la Garde. Aujourd'hui elle appartient à celui qui a écrit ces pages.

Restes gallo-romains. — A mi-chemin de la Garde au Pradet, dans le quartier de la *Gravette* et près du chemin de *San-Peyre*, qui prend naissance à la borne kilométrique 0,7 du premier desdits chemins, on rencontre une carrière de pierres froides. Son propriétaire, M. Laugier, en l'exploitant, a découvert quelques pièces de monnaie anciennes. Tout près de là, en défonçant un terrain pour le planter, le même propriétaire a mis à jour des tombeaux gallo-romains formés de tuiles plates à rebords. Dans le même quartier, sur la terre dite la *Guberte*, appartenant à M. Noble, avocat, on trouve des fragments de vases et de tuiles de même provenance. Le susdit M. Laugier, en fouillant le sol, après avoir arraché les vieilles vignes qui le couvraient, a rencontré une ancienne carrière de calcaire, dans laquelle une petite pince en fer avait été oubliée par ceux qui l'exploitaient; il a trouvé aussi des restes de constructions. Cette découverte d'une ancienne carrière, jointe à d'autres indices, explique l'origine du nom de *Gravette* donné à ce quartier, où l'on rencontre, sur une certaine étendue de terrain, beaucoup de petites pierres, qui, en certains endroits, font de ce terrain une *pierraille*. Toutes les autres carrières de calcaire, se trouvant beaucoup plus éloignées du village que celles du quartier de la Gravette, on peut en déduire que toutes les pierres de calcaire employées dans les constructions les plus anciennes de la Garde ont été extraites des carrières existant autrefois audit quartier de la *Gravette*.

Villa. — En suivant le chemin de *San-Peyre*, on arrive au sommet de la colline de ce nom. On a recueilli en ce lieu, des monnaies anciennes à figures d'un bon style, des débris de mosaïques et beaucoup d'autres fragments d'objets gallo-romains. On y voit une grande muraille de soutènement pour terrasse, ainsi qu'une vaste citerne voûtée dont le fond est formé de deux différentes couches de béton superposées. La couche inférieure est composée seulement de petites pierres calcaires noyées de mortier, et repose sur un fond de terrain solide, tandis que la couche supérieure est une agrégation de petits fragments de briques, de petites pierres calcaires et de mortier de chaux vive ; les petites pierres calcaires provenant de gravier de torrent, et apportées d'assez loin. Les deux couches de béton sont séparées par un lit de pierres de la grosseur du poing et posées à sec. La tradition nous apprend que les Templiers avaient établi, au douzième siècle, sur le plateau de *San-Peyre*, un poste d'observation ou vigie. S'il en est ainsi, ils durent utiliser pour cet établissement les restes d'une opulente villa gallo-romaine, qui, d'après les vestiges découverts, a dû exister sur cet admirable site.

Chemin antique. — Ce chemin ou *carrère*, qui se dirige du midi au nord, en suivant une partie du thalweg de la vallée dont il a pris le nom, n'est accessible aux voitures que sur le versant nord. Il offre le

trajet le plus court de la Garde à la Valette. Le vallon
dans lequel il se trouve, s'appelle le quartier de *Réal-
Blancon* (vallée blanchâtre), nom dont les radicaux pro-
vençaux sont *riou, riaou, rial,* signifiant ruisseau, ra-
vin, vallée, et *blancoun, blanquet, blancas,* diminutifs
de *blanc, blanco*. Sa dénomination doit lui venir de
l'aspect blanchâtre que présente la vallée complètement
couverte d'oliviers, dont le feuillage est grisâtre. Très-
giboyeux autrefois, ce quartier, bien que parfaitement
abrité du *mistral* et de la *tremontane*, est un peu dé-
laissé aujourd'hui ; on y voit des terres incultes, qu'envahissent les pins, les lentisques, et plusieurs bastides
en ruines. J'ai vu, dans les cadastres de 1765-1768, que
Jean-Baptiste Allemand et Bernard, sculpteurs, et Laurent Julien, peintre, tous les trois établis à Toulon, possédaient des bastides, avec terres en *restanques* et *pinèdes,* dans le quartier de *Réal-Blancon*. Cette vallée, qui
pénètre la colline du Touart, n'est qu'à dix minutes de la
Garde, en y allant par le chemin de *Sainte-Musse*.

Sur plusieurs autres points du territoire garden, tels
que les quartiers de la *Fous,* de la *Garonne,* etc., on
trouve des vestiges gallo-romains.

PÉRIODE MOYEN AGE

476 — 1453

—

Château féodal. — Sur le sommet tronqué du cône rocheux dont la surface latérale servait d'assiette à l'ancien village, on voit les restes d'un vieux château-fort dont les premières constructions remontent beaucoup au-delà du douzième siècle. Le plan de ce château féodal est un quadrilatère irrégulier. Trois de ses angles sont flanqués de tours rondes; près du quatrième, où, paraît-il, il n'y a jamais eu de tour, se trouvait la principale entrée. Ces tours, dont l'épaisseur des murs, vers la base, est de 2 mètres, ont, en moyenne, 8 mètres de diamètre hors œuvre. Deux des façades, qui, prolongées, se seraient rencontrées à angle droit sur l'axe de la tour nord-ouest, avaient, celle du nord, 15 mètres, celle de l'ouest, 10 mètres; quant aux deux autres façades, celle de l'est mesurait 25 mètres, et celle du sud, vers l'extrémité de laquelle se trouvait la grande porte du château, avait 30 mètres environ. Il est facile de s'assurer de ce que j'avance, en voyant ce qui reste de ces ruines. Des trois tours, percées d'embrasures, deux seulement sont restées debout; la troisième a été presque entièrement abattue, il y a une soixantaine d'années, par un des derniers propriétaires du château (1), qui fit aussi abattre des murs, pour mettre à découvert des vents la tour du sud-ouest convertie

(1) Par acte du 12 mai 1820 (Article 3), notaire Sylvestre, à Toulon, M. Morisot achète « l'emplacement et décombres de l'an-

en moulin à vent. En 1656, sur la façade ouest s'ouvrait une porte donnant accès à une grande terrasse appelée le *Jeu-de-Ballon*. Des deux citernes, qu'on voit encore, celle qui se trouve au milieu du château ressemble aux citernes des anciennes villes arabes, c'est-à-dire que, très étroite à l'orifice, elle va en s'élargissant jusqu'au fond. Cette demeure féodale était entourée d'une muraille avec redans et petite tour crénelée, qui, partant de l'angle sud-est de l'église paroissiale, distante du château de quelques mètres seulement, se terminait, après avoir contourné ce dernier, à l'angle nord-ouest de ladite église. Une voie circulaire, commençant à la porte est du rempart du village roman, permettait d'arriver en carosse jusqu'au château, dont l'entrée principale a été longtemps précédée d'un perron. D'après l'inventaire fait après la mort du dernier seigneur, la distribution intérieure de cette habitation était la suivante : « Vestibule, salon à main droite, antichambre ou salon à gauche ; petite tour ; chambre et cabinet de Madame la baronne ; chambre après celle de la baronne ; grande salle, grande tour, troisième tour (1) au bout de la salle, chambre du

cien château de la Garde, dans l'enceinte du dit lieu, et ses attenances composant *(sic)* la garenne et le ferraillon ».

(La *garenne*, dite aussi *vol du chapon*, est l'espace de terrain compris entre le petit mur défensif et le château. Le *ferraillon* ou petite ferrage est un coin de terre situé sur le versant est du village, en dehors du vieux rempart.)

(1) En 1656, elle était appelée *Tour d'Arnavès*. Il y avait à cette époque, Jean Arnavès de la Garde, avocat en la Cour, qui se maria à Toulon en 1675. On trouve, aussi, Jacques Arnavesi, chevalier, licencié ez-droits, syndic, maire de Toulon en 1355, et plus tard, Honoré Arnavès.

devant au bout de la salle ; cabinet; garde-robe; corridor
en montant à gauche : chambre à droite, chambre à côté
de domestique ; dans l'autre corridor donnant sur la
cour : première chambre, deuxième chambre, troisième
chambre au bout ; cabinet après ; bouge au bout du corridor ; bibliothèque ; chambres du corridor au-dessus de
la chambre de Madame : chambre dite Saint-Joseph,
chambre dite Saint-Pierre, chambre dite Saint-Paul,
chambre dite Saint-André, chambre dite Saint-Mathieu,
chambre dite Saint-Luc ; dépense dite le billard, avec
armoires de bois; souterrain servant de magasin; dépense
en descendant au bûcher ; cuisine et office attenant. »
Quarante-sept tableaux ornaient différentes pièces.

Remparts. — Les remparts qui défendaient le village du moyen âge sont formés de grosses pierres de
mélaphyre, ou variété de porphyre vulgairement appelée
grès bleu ou vert (1), disposées en assises régulières dans
le parement. Dans le massif, les pierres, de toutes formes
et de toutes grandeurs, sont noyées de mortier devenu
aussi dur qu'elles. Les pierres de grès ont été extraites
sur place, mais, d'après la tradition, le sable, apporté à
dos de mulet par les habitants, provient, en partie,
de la plage de l'*Almanarre*. Cette forte enceinte, de
forme polygonale irrégulière, affecte, dans son ensemble,

---

(1) Dans le territoire de la Garde, à la Garde même et à la
Colle-Noire, on rencontre des débris volcaniques, consistant en
des dykes de mélaphyre ou variété de porphyre appelée grès vert
ou bleu. Ces dykes ou filons éruptifs de formation ignée rem-
plissent les parois de ce porphyre. (Comte H. de VILLENEUVE-
FLAYOSC, ingénieur en chef des mines.)

une figure circulaire dont le diamètre moyen est de 150
mètres, environ. En plusieurs endroits, sa hauteur, en
comprenant le parapet, est de 8 mètres, et son épaisseur
de 1 mètre 50. Toute la surface de la couronne comprise
entre le rempart et le mur défensif entourant le château,
était occupée par les maisons des habitants et quelques
constructions dépendant de la seigneurie. Dans l'enceinte
du moyen âge, se trouvent encore quelques maisons de
ce temps, dont plusieurs se font remarquer par leurs
portes en arc plein cintre ou à linteau d'une seule pierre
reposant sur des sommiers saillants, avec cavet et listel.
Les deux portes donnant accès dans le village s'ouvrent
l'une, à l'est, sur une partie, formant redan, du rempart,
l'autre, à l'ouest, sur une petite place. La première ayant
été détruite, on n'en voit que l'emplacement, tandis que
la seconde est dans son entier, avec ses gonds de pierre
sans mamelons, mais creux pour recevoir les pentures
de la porte en bois. La population s'étant accrue, on
construisit des maisons en dehors des remparts ; et peu
à peu, trouvant plus commode la basse ville, on abandonna les habitations de la partie la plus haute du village
roman, qui tombèrent en ruines et dont les matériaux
servirent à édifier d'autres maisons dans la nouvelle
assiette du bourg. Les constructions ayant pris un grand
développement, on entoura le village d'une nouvelle enceinte non fortifiée, c'est-à-dire d'un simple mur, en
utilisant pour cette enceinte les rochers et les accidents de
terrain pouvant suffire à le rendre inaccessible. Sept
portes donnaient accès dans la nouvelle enceinte ; ces
portes étaient celles : de *Saint-Maur*, qui s'ouvrait sur
la route de la Garde à Toulon ; du *Bon-Puits* ; de

Sainte-Agathe, à côté de cette dernière ; du *Pigeonnier carré* dont les traces sont très visibles ; du *Puits-d'Hyères*, dont il ne reste rien ; de la *Vieille-Calade*, sur le versant est ; enfin de *Sainte-Anne*, sur le chemin de la Garde à Solliès (1).

La longueur développée des quatre côtés de cette dernière enceinte, de forme trapéenne, est de 865 mètres, environ ; et sa surface, approchée, de 4 hectares. On mesure du point où se trouvait la porte Saint-Maur, c'est-à-dire de l'angle nord-est, à peu près, de la place de la paroisse actuelle, à la porte du Bon-Puits, 170 mètres ; de cette dernière porte, à l'emplacement où devait se trouver celle du Puits-d'Hyères, 240 mètres ; de ce troisième point au commencement de la Calade où était la porte Sainte-Anne, 220 mètres ; et de cette dernière porte à la porte Saint-Maur, 235 mètres. Ladite enceinte avait pour confronts, au nord, la ferrage de Saint-Laurent (où se trouve le cimetière) et une autre à côté où se voyait un pigeonnier ; au levant, la ferrage Sainte-Anne (2) ; au midi, la ferrage des Pigeonniers ; au couchant, la ferrage Saint-Maur ; ces cinq terres faisant partie de la seigneurie.

(1) Ce fut en 1785-1786, que la baronne vendit les places des maisons situées sur l'ancien chemin passant devant la chapelle Saint-Maur. A la même époque, on démolit la porte de ce nom, et l'on fit le chemin (aujourd'hui route départementale) qui passe devant le cimetière. Auparavant, on passait par la rue Sainte-Anne, qui était route royale, et qui, dans le siècle dernier, fut pendant quelque temps le seul chemin, pour charrois, de Solliès à Toulon, celui passant par la Valette étant impraticable, à cause de son mauvais état, à l'endroit appelé *Pierre-ronde*, sous *Ped-Rascas*.

(2) L'an 4 de la République (1796) 30 fructidor, vente de la

Château Sainte-Marguerite. — En 1212, et
le 10 du mois d'avril, le château et le territoire de Sainte-
Marguerite, nommés à cette époque *Châteauneuf*, furent
vendus par Raymond Dacil à Etienne, évêque de Toulon (1). En 1331, le château de Sainte-Marguerite fut
déclaré appartenir au territoire de Toulon, et, en 1395,
le Conseil de cette dernière ville délibéra de mettre une
garde (guette) audit château, toujours propriété de l'É-
glise. Un échange fut fait, par acte du 28 septembre 1478,
du consentement de son chapitre, par Jean Huet, évêque
de Toulon, avec Honoré de Castellane, seigneur d'Entre-
casteaux, du château de Sainte-Marguerite contre celui
de Sainte-Croix, au diocèse de Riez. « ...fecit excambium
« Castri novi seu Sanctæ-Margaritæ, cum Castrum
« Sanctæ-Crocis, diocœsis Regensis. » A la suite de cet
échange, Jean de Glandevès, seigneur de la Garde, qui
prétendait avoir le haut domaine sur le château échangé,
fit une réserve de tous ses droits, pour les faire valoir en
temps opportun (2). D'après l'inventaire dressé en 1767-
1768, après la mort du dernier seigneur, les principales
pièces du château étaient les suivantes : « Salon, en

ferrage de Sainte-Anne, confrontant, du couchant « le village » ;
du midi, chemin d'Hyères ; du levant, chemin traversier allant au
Puits-d'Hyères ; du nord, le chemin de Solliès. (C'est la terre de
M. Fournier, affermée par M. Casimir Laugier. Elle est séparée du
village par le chemin de la *Figuière dei garris*, et partie de la
Vieille-Calade.)

(1) Archives de Toulon.

(2) BOUCHE, *Histoire de Provence*, tome II, page 341. — Abbé
J. H. ALBANÈS, *Bulletin de l'Académie du Var* de 1872, page
272.

entrant (orné de dix tableaux) ; chambre donnant sur la terrasse et la mer ; chambre donnant sur le pont-levis ; chambre du levant (décorée de huit tableaux) ; au bout de cette chambre, petite tour (appelée, au milieu du dix-septième siècle, la tour d'*Arnavès*, nom qui était celui d'un avocat de la Garde) ; cuisine ; office. » En 1656, il y avait, à l'extrémité de la grande salle, une chapelle, à côté de laquelle se trouvait un escalier conduisant à la grande terrasse située au-dessus de cette même chapelle, qui, alors, servait de magasin pour le granger. On y voyait aussi une citerne et un four. La terre dépendant de la seigneurie consistait en une vigne en restanques, au bas de laquelle était un petit port, et en un bois de pins entouré d'un mur ayant un portail distant de 60 toises (117 mètres) de la chapelle située hors de l'enclos. En 1817, le château-fort de Sainte-Marguerite, après avoir été vendu à l'Etat par M. Fisquet, reçut une petite garnison, devant, probablement, coopérer avec les gardes-côtes ordinaires à la surveillance des corsaires ennemis qui s'approchaient du rivage. Depuis, il a été remanié plusieurs fois, en sorte que du moyen âge il ne reste, à l'intérieur, qu'une voûte précédée d'autres voûtes refaites ou restaurées, une porte plein cintre à herse, une grande citerne. A part le pont-levis et le fossé, qui n'existent plus, l'extérieur est resté le même, à peu de chose près. A la mort du dernier seigneur, arrivée en 1767, et de celle de la baronne, usufruitière, le château et son enclos étaient devenus, par héritage, la propriété de messire de Thomas, seigneur de la Valette.

Pendant le siège de Toulon, en 1707, le fort de Sainte-Marguerite étant un obstacle pour la flotte des alliés, comptant plus de cent voiles, qui voulait entrer dans la rade, le duc de Savoie, à la prière de l'amiral anglais Schovel, donna ordre de le battre par terre. La garnison du château, composée de cinquante soldats des compagnies franches de la marine, de cinquante autres de la milice et de quarante canonniers, sous le commandement de l'intrépide capitaine de frégate de Grenonville, après avoir essuyé, pendant près de quinze jours, le feu des batteries ennemies, et opposé pendant ce temps une résistance opiniâtre, se rendit, le 6 août, à discrétion, se trouvant sans eau, et le fort étant démantelé. A cause de sa belle conduite, le duc de Savoie rendit son épée à cet officier supérieur.

C'est en passant vergues contre bord, sous le fort Sainte-Marguerite, où la mer est très profonde, que le vaisseau le *Romulus*, attaqué et poursuivi, le 13 février 1814, par trois vaisseaux anglais de cent vingt canons, parvint, après une défense héroïque pendant laquelle son commandant Rolland fut dangereusement blessé, à se mettre hors de poursuite et à se réfugier dans la rade de Toulon.

Château de Tamagnon (1). — Au milieu de la vaste et riche plaine que se partagent les communes de Hyères, la Garde et la Crau, et à dix minutes de la gare dite la *Pauline*, se trouve un ancien domaine

(1) Une partie du domaine de Tamagnon, s'étant trouvée, pendant longtemps, dans le dernier siècle, sur le territoire de la Garde, j'ai cru devoir en parler ici. Au quatorzième siècle, la Garde faisait partie du bailliage d'Hyères, de même que Tamagnon.

nommé *Tamagnon*. Le château est fortifié. Sa construction semble remonter au-delà du quatorzième siècle. La tradition locale veut qu'il ait été édifié pour la reine Jeanne, comtesse de Provence. Son plan est un carré de 16 mètres 60 de côté, et sa hauteur, du fond du fossé au toit, mesure 12 mètres 50. Jusqu'à la hauteur de 3 mètres 50, les murs ont un talus très-prononcé, de vingt pour cent environ; et leur épaisseur égale 1 mètre 60 au rez-du-sol et 1 mètre au sommet. Dans le bas, surtout, les encoignures sont formées de grosses pierres en bossage brut, manière de construire employée par les Romains et qu'on voit reparaître plus tard. Il ne reste rien des baies primitives, si ce n'est quelques fenêtres encadrées de pierre de taille. Celles qui éclairent les souterrains ont 40 centimètres de hauteur sur 60 de largeur, et sont fermées par deux forts barreaux en fer. Leurs tableaux ou cadres sont formés de quatre grosses pierres, à bossages bruts, dont les arêtes sont bisautées de manière à former des évasements. Les parties évasées, ainsi que les joints des parements saillants, sont unies au ciseau. Le fossé qui entoure le château a 8 mètres de largeur sur 3 mètres 50 de profondeur. Il est traversé par un passage, sur voûte, de 5 mètres, que terminait un pont-levis, de 3 mètres de longueur par conséquent, se rabattant sur la seule porte d'entrée, qui se trouvait au milieu de la façade sud. Cette façade a été remplacée par un mur de refend qu'on a percé à la *moderne*, et l'on a transformé en terrasse la surface abandonnée, qui a 4 mètres 90 sur 16 mètres 60 de côté. A l'intérieur, il reste, des anciennes constructions, les souterrains ou caves dont les voûtes sont à plein cintre ou en arc bombé à grand rayon. On

y retrouve, aussi, l'escalier primitif. Il est assez large, et
ses marches, d'une seule pierre de grès rouge, sont fixées
ou greffées, par leurs extrêmités, dans les murs de la
cage et dans celui qui, au centre, sert de limon. Cet escalier, à marches parallèles, ou en échelle de meunier, est en
deux parties, séparées, à mi-hauteur de l'étage, par un
palier ou repos occupant toute la largeur de la cage. Les
marches en grès, ayant été creusées par suite de leur
long usage, on les a revêtues de carreaux en argile cuite.
L'escalier supérieur est moderne. On dit que l'entrée de
l'escalier était, autrefois, précédée d'une cour.

Il y avait une chapelle à Tamagnon ; la preuve en est
dans les lignes suivantes : « Par contrat du 9 janvier
1679, reçu par Me Roustan, notaire à Toulon, Anne
Borme, veuve de Pierre Gaignard, fonda un service de
messe à perpétuité dans la chapelle bâtie dans le fonds
situé au terroir d'Hyères, quartier de Tamagnon, et appartenant au sieur Estienne Cordeil de Tamagnon. Ladite
Borme fit donation du droit de patronnage en faveur de
Mtre Dominique Hermitte, mari de la sœur de Estienne
Cordeil, devenu copropriétaire, par sa femme, du domaine de Tamagnon, et aux siens, avec faculté de nom-
mer et présenter un recteur, en cas de vacation ou autrement. A la mort de Estienne Cordeil, sa veuve, née
Moreau, devint propriétaire de la partie du fonds sur
laquelle se trouvait la chapelle. A partir de ce moment,
le service de messe ne se faisant plus à cause de la veuve
Cordeil et du sieur de Ruyter, gentilhomme romain, enseigne de vaisseau, qui avait épousé Thérèse Cordeil, sa
fille, et tous les deux ayant refusé de faire dire la messe,
Me Charles Hermitte de Tamagnon, avocat en la cour et

escrivan principal de la marine, fils de Dominique, présenta, en 1702, à Mgr Armand de Chalucet, évêque de Toulon, une requête pour qu'il lui fut permis, en cas de refus des héritiers de Estienne Cordeil, de faire dire la messe à la chapelle de Notre-Dame-des-Bonnes-Nouvelles de Tamagnon, de transférer la fondation sur son fonds, ce fonds étant contigu et faisant partie de la propriété ayant appartenu à son aïeul maternel, et qui avait été partagée entre ledit sieur Cordeil de Tamagnon et sa mère, le suppliant s'engageant à faire construire une chapelle dans son dit fonds. » Sommation ayant été faite à Madame veuve de Cordeil, née Moreau, et au sieur de Ruyter, son gendre, d'avoir à se prononcer, leur réponse signée fut qu'ils se démettaient entièrement de la fondation qui avait été faite dans la chapelle, ne voulant plus qu'on y célèbre la messe de ladite fondation, que la veuve Borme avait faite. A la suite de ce refus, la construction d'une nouvelle chapelle fut autorisée, par acte signé par l'évêque de Toulon, le 24 avril 1702 ; et le sieur Chabert, prêtre de la Valette, en fut nommé le recteur, sur le choix de Charles Hermitte de Tamagnon, avocat, écrivain principal de la marine, le même qui fut chargé, en 1724, de surveiller la coupe et l'équarrissage des 2,500 arbres marqués dans les forêts de Provence pour les constructions de la marine.

Dans les archives de 1593 à 1695, on rencontre souvent le nom de Cordeil. Paul Cordeil de Tamagnon, l'un des anciens propriétaires connus du domaine de ce nom, se trouvait, en 1651, détenu en esclavage sur les côtes d'Afrique. On peut supposer que Étienne Cordeil et sa sœur, dont il vient d'être parlé, et qui, en 1679, possé-

daient la terre de Tamagnon, étaient fils de Paul. A la
mort de la veuve Estienne, le château et la partie de terre
en dépendant passèrent entre les mains de son gendre
Paul de Ruyter, déjà cité, qui, d'après un de ses descendants habitant Toulon, ne serait autre qu'un parent de
l'illustre amiral hollandais de ce nom, de ce grand
homme de guerre qui mourut des suites d'une blessure
reçue dans la rude bataille navale qui eut lieu, le 22 avril
1676, devant Syracuse, entre sa flotte composée de vingt-
neuf vaisseaux et celle de France en comptant trente,
sous le commandement de Duquesne. On n'a pas oublié
que ce grand homme de mer fut regretté presque autant
de ses adversaires que de ses compatriotes et que Louis XIV
ordonna qu'on rendît les honneurs militaires, dans tous
les ports, au vaisseau qui rapportait en Hollande ses
restes. L'autre partie, appelée le *Petit-Tamagnon*, fut
possédée, après la mort de Dominique Hermitte, par son
fils Charles Hermitte. On trouve que, par acte du 27 novembre 1743, notaire Mollinier, de la Garde, messire
Pierre-Henry de Lombard, marquis du *Castellet* et de
Beauveset, et dame Jeanne de Clermont, son épouse,
afferment à Beauchière la terre de Tamagnon. En 1752,
le fils de Paul de Ruyter, Joseph-Marie, enseigne de
vaisseau, qui avait épousé, le 19 mars 1741, Marie-Agnès,
fille de François Monnier, avocat et procureur du roi,
était propriétaire du château. Il acheta, à cette époque,
une terre avec bastide contiguë à son domaine de Tamagnon et située dans le territoire de la Garde, qui faisait
partie de la viguerie de Toulon. Joseph-Marie de Ruyter,
mourut en 1753, laissant cinq fils, le plus âgé né en 1746.
Jean-Paul de Ruyter, fils de Joseph-Marie, et né le 10

février 1748 dans la maison de la rue d'Astour portant le
numéro 10, maison qui est restée dans la famille jusqu'en
1790, mourut à Toulon vers 1826, laissant à la ville de
Toulon un immeuble dont le revenu est encore employé
à doter une pauvre fille. Une fraction restante du fonds
de Tamagnon, ayant appartenu aux de Ruyter, a été vendue, il y a environ vingt-cinq ans, par un descendant de
ces derniers, à M. Revest, qui en est encore le propriétaire. L'autre fraction, ou partie principale, comprenant
le château, paraît être retournée aux Hermitte, qui la
possédèrent, ainsi que celle du Petit-Tamagnon, jusqu'en
1770, puisque, par contrat du 19 septembre 1770, notaire
Mollinier, dame Marie-Magdeleine-Chevinette de Tamagnon, épouse libre de M. Joseph de Dumat, et fille de
Hermitte, vendit le tout à M. Jean-Baptiste Delort, chevalier de l'ordre royal et militaire de Saint-Louis, qui le
revendit, par acte du 16 juillet 1779, notaire Lespéron,
successeur de Mollinier, au sieur Eméric Joseph. A
son tour, ce dernier vendit ledit domaine, en 1785, à
M. Fournier Jean-François. Dans l'acte passé le 26 mars
1785, en l'étude de M° Philibert, notaire à Toulon, il est
dit : « ...Un grand domaine, appelé Tamagnon, consistant
en vignes, oliviers, câpriers, mûriers, arbres fruitiers et
autres terres semables, avec un château entouré de
fossés, une chapelle et un colombier à pieds. » Aujour-
d'hui, le château et les terres en dépendant appartiennent
à MM. Estournel et Meunier.

Ancienne église paroissiale. — L'ancienne
église, sous le vocable de Notre-Dame, appartient au
style de transition du douzième siècle. Elle est située à

côté de l'ancien château des seigneurs. En 1537, Elisabeth
de Forbin, dame de la Garde, fonda dans cette église
une chapellenie sous le titre de *Notre-Dame-de-l'An-
noncée*. En 1707, les soldats du duc de Savoie, venus
pour assiéger Toulon, ravagèrent ladite église ; non-
seulement ils enlevèrent les cloches, les tableaux et les
ornements, mais encore ils abattirent quelques parties
de l'édifice. En 1749, la communauté fit réparer le
clocher ; les merlons qui manquaient furent remplacés
par des merlons pareils à ceux qui étaient restés, et y
fit ajouter un toit. A des époques antérieures, en 1728 et
1734, la communauté avait déjà fait réparer ledit clocher
et le reste de l'édifice. En 1782, elle cessa d'être paroisse,
et on n'y dit la messe que les dimanches et jours de fête.
Elle fut à nouveau dévastée, en 1793, par l'armée qui
assiégeait Toulon. Abandonnée ensuite, elle servit souvent
d'abri aux bohémiens, qui avaient scellé aux murs des
anneaux en fer pour attacher leurs bêtes de somme. En
1822, elle fut réparée par une confrérie de pénitents ; ce
dernier détail nous est connu par une lettre du Conseil
de ville, écrite au Sous-Préfet de Toulon, qui désirait
connaître quels étaient les édifices religieux qui avaient
été détruits depuis 1790. M. Martin, curé, fit restaurer,
en 1866, l'église Notre-Dame. Depuis cette époque, le 8
septembre, jour de la fête de la Nativité de la Vierge, et
dans d'autres circonstances, on célèbre le service divin
dans cette église, qui a été paroisse pendant plus de six
siècles. Cet intéressant spécimen de l'architecture romane
de la période tertiaire (fin du douzième siècle), qui, par
sa bonne construction, était appelée à défier bien des
siècles encore, et que son âge, ses souvenirs, sa beauté

simple recommandaient au respect des hommes, s'écroulera bientôt, sapée comme elle est, dans ses fondements, au moyen du pic et de la mine, par des mercenaires qu'il faut supposer inconscients.

Le plan de l'édifice primitif est un rectangle mesurant, dans œuvre, 21 mètres 50 sur 4 mètres 66. Sa voûte est à peine ogivale ; elle est plus lourde, moins élancée que l'équilatérale ; sa largeur, à sa naissance, est de 4 mètres 66 ; sa hauteur, sous clef, mesure 2 mètres 52 ; en sorte que la différence entre le demi-diamètre et le rayon de l'arc n'est que de 19 centimètres. La hauteur de la nef, du sol au sommet de la voûte, égale 6 mètres 77. Deux arcs-doubleaux, un à chaque extrémité de la nef, retombent sur des corbeaux en forme de quart de rond, tandis qu'un troisième, situé au milieu de la nef, retombe sur deux pilastres. Ces deux pilastres, quoique peu saillants, ont été coupés, pour l'élargissement de la nef, un peu au-dessous de la naissance des arcs-doubleaux, et de la corniche en ressaut sur lesdits pilastres, et courant sur les deux côtés de la nef. Sur le côté droit, en entrant, il reste une fenêtre étroite, à plein cintre et évasée à l'intérieur comme à l'extérieur, semblable à une meurtrière. Au fond de l'abside, en hémicycle avec voûte en cul-de-four, il y a une autre fenêtre plus petite, évasée seulement de dehors en dedans et également aussi étroite qu'une meurtrière. Les façades et les parois intérieures, ainsi que la voûte, sont en pierres calcaires de grand et moyen appareil réglé. Quelques pierres des angles sont en bossage brut peu saillant. La porte de la façade principale, dont la largeur est de 7 mètres environ, est surmontée d'un *oculus* ou œil-de-bœuf évasé au

dehors comme au dedans. Elle est encadrée dans sa
partie cintrée par une doucine avec filets terminant l'extrados de ses longs voussoirs dont les joints sont peu
apparents. La porte, en bois, se fermait au moyen d'une
barre en travers qu'on tirait d'une cavité horizontale
ménagée dans l'épaisseur du mur. Une seconde porte,
parfaitement similaire, en forme et en dimension, à la
première, se voit sur le mur latéral gauche. Cette dernière porte, aveuglée depuis longtemps, qui se trouvait
presque en face et à quelques mètres seulement de celle
du château seigneurial, était réservée ; les habitants du
village entraient dans l'église par la porte de la façade
principale. Une voûte-porche, trapue, faiblement ogivale
comme toutes les autres, qui se dessinent à peine, fait
suite à l'entrée principale ; le dessus servait autrefois de
tribune, et on y accédait par un petit escalier. Le clocher,
carré, avec une fenêtre plein cintre sur chaque face, un
cordon torique passant à la hauteur de l'appui, et des
gargouilles pour recevoir les eaux de la voûte formant toit
en terrasse, était couronné de merlons. Il était supporté
par ladite voûte-porche de l'intérieur et le mur pignon de
la façade, sur lequel était à cheval une de ses faces, et
on y montait par la tribune. Le mur pignon ayant souf-
fert de cette surcharge, on abattit, lors de la restauration
de l'édifice, en 1866, le clocher, veuf de ses merlons, et
du toit qu'on avait ajouté, en 1749, pour retarder sa
ruine ; ruine qui n'a pu être évitée, car, lorsqu'on le
démolit, il était sillonné de larges lézardes. La nef de
l'église étant devenue insuffisante, vers la fin du quinzième siècle ou au commencement du seizième, on agrandit le bâtiment au sud, en entant sur deux de ses contre-

forts les murs de l'appendice qu'on y trouve et qui communique avec la nef par une arcade plein cintre de 4 mètres de diamètre. Cet appendice, de 6 mètres de profondeur sur 5 mètres 50 de largeur, a pour couverture une voûte d'arête dont les nervures diagonales, de forme prismatique et en pierre de tuf, retombent sur des consoles coniques en pierre dure ornées de moulures simples. Ce bas-côté est éclairé par une grande fenêtre ogivale ouverte sur la face méridionale. Vers la même époque, je crois, on construisit longitudinalement, au nord, un second appendice dont la voûte, faiblement ogivale, est greffée, d'un côté, dans le mur de l'église. Ce second appendice ou nef latérale communiquait avec la nef primitive au moyen de deux grandes arcades plein cintre, aujourd'hui aveuglées. Les murs de l'édifice primitif, qui est orienté symboliquement, ont 1 mètre 30 d'épaisseur. C'est dans le premier appendice qu'Elisabeth de Forbin, dame de la Garde, avait fondé, en 1537, la chapellenie de Notre-Dame-de-l'Annonciade. Le second avait reçu celle de Saint-Jean-Baptiste. C'est dans ces deux chapelles que se trouvaient les tombeaux des barons de la Garde. Si l'on en croit la tradition, la chapelle de l'Annonciade, celle qui est greffée à la façade sud de l'édifice primitif, aurait été construite par un membre de la famille de Pontevès, famille qui a longtemps possédé des terres à la Garde. Ce qui vient à l'appui de cette tradition, c'est que, en 1775, d'après les archives, cette famille avait en propre l'usage de cette chapelle, fermée alors par une grille en fer, et que messire de Pontevès, devenu chanoine de l'église Saint-Sauveur d'Aix, en était le recteur. En 1759, l'abbé Jaubert en avait été le chapelain.

Hôpital du Saint-Esprit. — Vers la fin du douzième siècle, le pape Innocent III fonda, à Rome, un hôpital pour les pauvres, sous l'invocation du Saint-Esprit,
et en confia la construction à Marchione, architecte et
sculpteur, né à Arezzo. L'*ordre* du Saint-Esprit fut institué, en France, dans le commencement du treizième
siècle. Dès cette époque, la plupart des villes et villages
de Provence eurent leur maison ou hôpital du Saint-
Esprit. Des confréries de ce nom, ces établissements
charitables passèrent entre les mains des municipalités,
qui les administrèrent. Plus tard, le soin de les admi-
nistrer fut confié à des prieurs ou marguilliers. Il serait
difficile de connaître l'époque où fut fondé l'hospice du
Saint-Esprit de la Garde, les documents écrits relatifs à
cette fondation faisant défaut. Cependant, on a des don-
nées sur son ancienneté. Ainsi, il est dit dans le *Livre de
raison* que j'ai cité : « De temps immémorial, les Mes-
sieurs de la communauté ayant acheté des marguilliers
du Saint-Esprit la maison commune où ils tiennent leurs
assemblées. » Ce fut sans doute vers l'époque où eut lieu
l'acquisition de l'hôpital Saint-Esprit, pour en faire
l'Hôtel-de-Ville, que la municipalité choisit un autre édifice propre à servir de maison de refuge aux malades
pauvres. Ce qui est positif, c'est que la transférence fut
faite avant 1657. Dans des écrits postérieurs à cette année,
le nouvel établissement hospitalier est désigné sous la
double dénomination de « Hôpital du Saint-Esprit et de la
Miséricorde ». Complètement incendié en 1707, l'ancien
hospice servant de maison commune fut vendu. Il était
situé dans l'enceinte moyen âge, immédiatement au-dessus du château du dix-septième siècle, château dit de

M. de Passis. Sur le claveau de la porte d'entrée, donnant
sur la rue du *Portalet*, on voyait sculptée une pomme de
pin, ayant la tige en haut comme dans l'écu de la Valette (1). Cette porte, à plein cintre et à pierres en bossages imités de l'architecture italienne du seizième siècle,
était moins ancienne que l'ensemble du bâtiment. L'hôpital nouveau subit le même sort que celui servant de maison commune, il fut également incendié en 1707. Promp-
tement réparé, il continua à être la maison de refuge des
malades pauvres. Les malades qui n'étaient pas soignés
dans cet établissement hospitalier, étaient visités dans
leurs maisons par le médecin communal qui leur distri-
buait des remèdes ; et le curé était chargé de pourvoir à
la subsistance de ceux d'entre eux qui se trouvaient sans
ressource aucune. Les marguilliers de l'hôpital de la Miséricorde accordaient aux malades indigents des secours
consistant en pain, viande, vêtements ; ils habillaient de
pauvres filles, et dotaient celles d'entre elles qui se ma-
riaient. Les revenus de l'hospice provenaient de rentes
constituées par des particuliers et par la communauté. Le
plus ancien contrat connu, constituant rente sur la communauté de la Garde, en faveur des pauvres, a été établi
en 1633, notaire Mourchou, par messire de Thomas,
baron de Sainte-Marguerite et de la Garde. Jean de
Thomas, coseigneur, docteur en théologie, fit un don à
l'hospice en 1651. Le bâtiment de la Miséricorde, qui a
été défiguré par des réparations et des remaniements

(1) Armoiries de la Valette : PORTE : d'azur, à une pomme de
pin, la tige en haut. C'est probablement parce que, autrefois, son
territoire était en grande partie couvert de pins.

nombreux, a servi, pendant ces derniers temps, de maison d'école. Il vient d'être remplacé, pour la même destination, par un édifice plus digne et plus salubre, en partie dû à la munificence de l'Etat, à la suite de sollicitations pressantes et réitérées de M. Charles Blanc, maire, et du Conseil municipal. Les élèves, garçons et filles, ont pris possession de leurs salles de classe respectives, le 29 juin 1884 (voir Hôtel-de-Ville).

Moulin à huile. — Au-dessous et au sud de l'ancienne église paroissiale, on trouve les restes d'un moulin à huile banal, aujourd'hui propriété communale, dont la construction remonte au moyen âge. Sa longueur est de 21 mètres, sa largeur de 4 mètres 90. Voûte en arc plein cintre et en pierres de moyen appareil réglé, non recouvertes de mortier, avec six arcs doubleaux, les uns retombant sur des pieds-droits ou des corbeaux, les extrémités des autres étant greffées dans les murs. A la naissance de la voûte, on voit un cordon formé d'un quart de rond sans filets, et, immédiatement au-dessus, de petites cavités carrées et également distancées, pour servir, sans doute, à soutenir ou fixer les engins d'exploitation. Au-dessus de la voûte, il y avait un étage servant de logement et d'entrepôt.

Par un arrêté de la cour, de 1556, on devait payer pour *défadures et fatures des olives et des grignons* (pour triturer les olives et en extraire l'huile), *quatre sols par molte*. En 1580, le nouveau seigneur, Nicolas de Sainte-Marguerite, ayant voulu élever ce prix à six sols, la communauté refusa et lui fit un procès. Mais, par suite d'un acte de transaction spécial du 12 janvier 1580, no-

6

taire Gaspard Garelly, ledit seigneur consentit à renoncer à cette augmentation. « Item ont transigé pour les deffadures et fatures des olives et grignons que led^t seigneur Baron pour et au nom de toute lad^te seigneurie du^d Garde et en considération des choses susdites a quitté à la communauté la survalue qu'il présuposait demander de quatre sols par molte, et par pache exprès ».

A l'est du moulin, se trouve l'ancienne maison Catelle, dite, autrefois, de la *vieille citerne*. Cette maison faisait partie d'un groupe de quatre maisons ruinées. Ces quatre maisons acquises par la baronne, suivant acte du 3 mai 1781, Me Lespéron notaire à Toulon, de messire Jean-Sébastien Barthélemy, procureur au siège de cette ville, furent vendues, le 10 août 1788, après la réparation de celle de l'ancienne citerne, par la susdite baronne, à Jean-Pierre Maria, maître chirurgien. Le 6 août 1791, Maria vendit la maison de la vieille citerne à Jacques Pourchier, qui la revendit, le 11 septembre de la même année, à Pierre Catelle, locataire, depuis le 21 juin 1789, de la maison contiguë. Ces quatre maisons, situées au-dessus de vastes souterrains, avec voûtes à arcs-doubleaux plein cintre, ces derniers en pierre de taille, s'étendaient, à partir de celle de Catelle, jusqu'à la partie est du rempart, et terminaient, par conséquent, la ville de ce côté.

Fours banaux. — Dans l'enceinte du moyen âge, il y a deux fours à pain, ayant fait partie des biens seigneuriaux. Ils se trouvent dans deux magasins, voûtés, l'un, en berceau, l'autre, en arêtes. Ces magasins sont situés dans une ruelle tortueuse, couverte, en partie, de voûtes d'arête, qui débouche dans la rue du *Four*, où l'on voit des arceaux de formes variées servant de contre-forts aux deux lignes de maisons. Par un arrêté rendu en 1556 par la cour, les rentiers et administrateurs des fours prélevaient une *fougassette* (grand gâteau) sur douze trentaines de pain, outre le droit de fournage qui était de un pain sur trente (1). Mais par acte de transaction du 12 janvier 1580, Me Garelly notaire, passé entre la communauté et messire Nicolas de Sainte-Marguerite, seigneur de la Garde, le droit de fournage fut réduit à un pain sur trente, à partir du mois suivant, époque à laquelle devait cesser l'arrentement de Guillen Jullian. « Par cette transaction... a réduit le droit de fournage des fours de trente pains un, et abolly et du tout éteint ladite *fougassette* perpétuellement retranchant icelle de la transaction acomencée sera finye l'arrentement de Guillen Jullian qui sera du mois de may prochain en un an avant. En conséquence les manants et habitants du lieu de la Garde seront tenus de payer de trente pains un sans que ladite *fougassette* ny autres droits leur puissent être demandés. Et seront tenus les dits manants perpé-tuellement à cuire leurs pains aux dits fours à la... (?) qualité, et ledit seigneur et les siens leur entretenir les deux fours que y sont de présent au dit Garde et autres que besoin sera à l'avenir... »

Après la mort de la baronne, usufruitière, arrivée après 1793, les deux fours banaux furent vendus, et les habi-

(1) A la Garde, en 1723, le droit de fournage était le même qu'en 1580, c'est-à-dire de trente pains un ; les seigneurs étant exempts de ce droit d'une manière proportionnelle.

tants continuèrent à payer, pour droit de fournage, une faible redevance, ordinairement en nature. Il n'y a guères que trente ans, environ, que ces fours ont cessé d'être en activité. Le dernier fournier et propriétaire, M. Laugier, qui vit encore, avait succédé à son père, dans l'exploitation desdits fours.

Puits monumentaux. — Il y a trois puits communaux aux abords du village. Il est parlé du Puits-d'Hyères et du Bon-Puits dans la transaction passée, le 12 janvier 1580, entre la communauté et le seigneur. Mais l'origine de ce dernier, surtout, semble remonter à une date bien antérieure. Sa paroi inférieure est formée par les rochers, taillés au pic et au ciseau; on ne trouvait aucune trace de mine avant son approfondissement en 1884. Les pierres de la paroi supérieure ont été tellement rongées par l'eau et les frottements, qu'elles sont comme en bossages. Son diamètre égale 1 mètre 50, sa profondeur actuelle 6 mètres. Il est situé sur l'ancien chemin du Pradet, à 100 mètres, environ, du village. Le Puits-d'Hyères, ainsi nommé parce que l'ancien chemin qui conduit à la ville d'Hyères prend naissance à côté, a 2 mètres 10 de diamètre dans œuvre, et 7 mètres du sol au fond. Sa paroi est entièrement en pierres d'appareil réglé. Il ne tarit jamais; pendant les années de grande sécheresse, on y trouve 3 mètres d'eau. Le Puits de Saint-Maur, qui se trouve à la bifurcation des deux anciennes voies de la Garde à Toulon, et non loin de l'ancienne chapelle de ce nom, a 1 mètre 50 de diamètre et 11 mètres de profondeur depuis 1884, année où on l'a approfondi de 4 mètres. Le Puits de Saint-Maur, tel

qu'on le voit aujourd'hui, avec ses belles assises de pierre
en appareil réglé, n'a été construit qu'en 1739, sur l'emplacement d'un puits moins profond et d'un diamètre
plus petit; ce que nous apprend le devis de sa construction, auquel fait suite le marché suivant : « Et ce, nous,
maire et consul (E. Sénès et Jullien), attendu que ledit
Vouire, maître maçon de Toulon, est le seul offrant et
enchérisseur, lui avons adjugé et délivré le susdit ouvrage
du puits mentionné au sus dit, moyennant la somme de
quatre cent trente livres de son offre, sauf si personne
n'en fait de plus avantageuse dans la huitaine, à la
Garde le 4 août 1739. »

Fonderie. — Au nord-est, contre la paroi intérieure
de l'ancien rempart, se trouve une construction qu'on
nomme la *Fonderie*, sans pouvoir dire ce qui s'y fondait.
Elle consiste en un massif carré, dont l'intérieur est
cylindrique. Une ouverture pratiquée au fond, sur l'un
des côtés, semble avoir été destinée à alimenter le feu.
Le massif est assis sur une voûte en arc bombé supportée par deux murs qui, en se prolongeant, forment
comme une galerie à ciel ouvert. Aux alentours, on voit
de grosses fondations de bâtiments très-anciens.

Moulin à vent. — Cet ancien moulin banal est à
200 mètres du village, dans une terre confrontant le
vieux chemin du Pradet. Il est en forme de tour ronde.
Tout près, se trouve le logement du meunier, précédé
d'une grande aire, autrefois publique, pour fouler le blé.
Les moulins à vent, qu'on dit avoir été inventés par les
Arabes, et qu'on suppose avoir été importés en France par

les *Croisés*, vers le milieu du onzième siècle, étaient très en usage autrefois. Il n'est pas bien certain que leur emploi ait été précédé de celui des moulins à eau.

Colombiers. — A la base du versant méridional du monticule rocheux que domine l'ancien château féodal de la Garde, on voit, encore debout, un colombier ou pigeonnier, qui se fait remarquer par sa bonne construction et son galbe dont la grâce égale celle d'une belle colonne grecque. Ce colombier, qui existait en 1580, est en forme de tour ronde. Son diamètre hors-œuvre, à la base, est de 7 mètres et sa hauteur de 15 mètres. Intérieurement, il y a, dans le bas, une voûte-abri, et un nombre considérable de logettes ou nids construits en plâtre contre toute la paroi du mur circulaire. Il existait deux autres pigeonniers seigneuriaux, qui ont été abattus; l'un, qui se trouvait à l'ouest et non loin du premier, à côté de l'une des entrées du village moderne, consistait en une tour carrée, dont on voit encore la souche ; l'autre de forme cylindrique et appelé le pigeonnier de Saint-Maur, se voyait dans la ferrage attenant au cimetière actuel, et devenue propriété de M. Vitton. De ce dernier, il ne reste que des traces souterraines. Bien qu'il existât des colombiers de ce genre au douzième siècle, on ne peut pas supposer que celui qu'on voit dans son entier soit antérieur au seizième siècle, à cause de sa forme qui accuse un art très avancé. Je pense qu'il appartient à ce dernier siècle.

Moulin à eau. — Au quartier Saint-Michel, à un kilomètre du village, on trouve, en façade sur la route départementale, un ancien moulin à farine seigneurial.

Ce moulin banal existait en 1580, mais il est à supposer que son origine est beaucoup plus ancienne, ne pouvant cependant remonter au-delà de 1204, s'il est vrai qu'en cette année on ait inventé les écluses. La *resclave* ou prise d'eau du canal se trouve au-dessous du pont, sur le *Regua-nas*, qui conduit à l'ancienne campagne Farnoux appartenant, aujourd'hui, à la famille Clapier. Le chemin de la Garde à Solliès longe en ce point le torrent. La *carrère* qui, après avoir contourné le moulin, suivait le canal, s'appelait, au seizième siècle, le *Pas-des-jas-des-tours* (le passage de la bergerie des tours). Le 4 avril 1808, M. le chevalier de Chaubry de Blottière vendit, au prix de 4,500 livres, le dit moulin à M. Joseph Lirier, maître meunier. Il l'avait acquis, ainsi que d'autres propriétés, de messire de Thomas Lavalette, héritier du dernier seigneur de la Garde.

Fontaine de la Fous (1). — La source principale se trouve dans un grand réservoir ruiné, qu'ombragent de hauts platanes et autour duquel on voit des *tourtouires* (écluses) pour la distribution des eaux. Un *aiguier* (fontainier ou éclusier) était chargé de manœuvrer les vannes, pour diriger ces eaux. Il logeait tout près, dans une bastide communale, à l'état de ruines aujourd'hui. Les eaux se répandaient à travers les méandres des ruisseaux éclusés. On présume qu'il existe, aux environs de la source, une épaisse nappe d'eau souterraine ; à deux mètres de profondeur, on rencontre le tuf. Cette fontaine, qui, dès sa sortie de terre, fertilise les terrains qui s'é-

(1) *Fous*, fontaine. Étymologie du latin *fons*.

tendent jusques vers l'Eygoutier, est située sur une ligne tendant de la Garde à Carqueiranne, et à environ deux kilomètres de la première de ces deux localités. Autrefois, son eau était si abondante que le baron Nicolas de Thomas, seigneur de Sainte-Marguerite et de la Garde, voulait s'en servir pour son moulin de *Grenouille*, qui n'est pas éloigné. La communauté, qui prétendait en avoir l'usage depuis un temps immémorial pour arroser les *horts* (jardins) des quartiers de la *Fous* et de *Grenouille*, lui intenta un procès. Mais par acte de transaction (dont suit un extrait) passé entre messire de Thomas et la communauté, le 12 janvier 1580, cette dernière renonça au procès en litige, et les habitants de la Garde usèrent, comme par le passé, de toute l'eau de la Fous. « Item, pour le regard du procès de la fontaine de la Fous ont accordé et transigé les d. parties que la pocession à laquelle lad. communauté de la Garde est de tant de temps que nest mémoire d'homme au contraire tiendra tellement que les manants et habitants du dᵗ Garde useront de la d. eau du présent et à l'avenir pour arroser leurs horts ainsi qu'ils ont accoutumé faire du passé jusques aujourdhui et au moyen de ce ont renoncé au procès litis et causa dépendé compensés..... Le dᵗ sieur baron donne à la communauté de la Garde savoir licence et faculté de prendre du ribas (litière) de la colle de Codon (1) sy faire se peut et de tel endroit que en cruise-

(1) « L'an 1560, Gaspard de Sainte-Marguerite, seigneur dudit lieu, et *consignore* de la Garde et *Valetta*, loue un jardin avec bastide de la seigneurie dudit Garde à Coudon ». — Par acte passé le 18 octobre 1612, Gaspard de Thomas vendit à Claudon Cabas-

ront une fontaine d'eau pour la faire conduire par tel méal que besoin sera et à tel endroit du d^t Garde quy sera nécessaire... et aussi le dit sieur donne à la d^{te} commune de la Garde les escoubadures (balayures), des grandes carrières du bon puis et du poux d'Hyères depuis les d^{ts} poux et tout autour diceux jusques à savoir la rue du bon puis jusqu'à la sueille de Gaspard Bousquet et celle du poux d'Hyères jusques aux ostaux des Ginouviers, excepté les frontières des d Bousquet et Ginouviès, aussi les escoubadures depuis la frontière des d Ginouviers jusqu'au colombier plus près de la ville de la seigneurie, lesquelles rues de la communauté faira calladar... acte fait et publié aud Garde et à la grande salle du côté du levant du château seigneurial du susd. Baron. Témoins le curé, les deux vicaires, etc. (1) » Dans les siècles passés, on cultivait, dans le quartier de la Fous et de Grenouille, outre les arbres fruitiers, les oignons potagers et le chanvre. Depuis une cinquantaine d'années, on a abandonné la culture de cette dernière plante. Un peu plus bas que la bastide de l'éclusier, on voit le naï (du latin *naias* et du grec naô) ou bassin d'eau courante, nommé de nos jours routoir, dans lequel tous les habitants de la commune pouvaient faire rouir, c'est-à-dire tremper, le chanvre.

son, escuyer de la Valette, la terre et seigneurie de Beaudoin (sur le versant sud de Coudon), qui ne peuvent être que le jardin avec bastide qu'il louait en 1560.

(1) « Extrait, en 1732, des escritures de Me Gaspard Garelly. notaire de la Garde, jointes aux escritures du feu Honoré Garelly, notaire royal en cette ville de Toulon, qui sont au pouvoir de Me François Auriol. »

Moulin de Grenouille. — De ce moulin à farine
banal, confrontant la terre du consul Flamenq, il ne
reste que les quatre murs ruinés, la chambre de l'écluse
ou extrémité du canal par laquelle l'eau s'échappait
pour tomber sur la roue, à augets ou à palettes ; la voûte
du canal inférieur, et une partie, par tronçons, du béal
qui amenait l'eau de la rivière de Gapeau (1). Ce béal ou
canal, après avoir serpenté à travers la plaine, contour-
nait de très près, ainsi qu'on peut le voir, le bassin de la
fontaine de la Fous, situé à une faible distance dudit
moulin. Dans l'acte de transaction intervenue en 1477.
entre Jean de Glandevès, seigneur de la Garde, et les
communautés de Toulon, la Garde et la Valette, il est
parlé de réparations à faire au méat ou canal conduisant
l'eau de Gapeau au moulin de Grenouille. Le canal de ce
moulin est antérieur à celui d'Hyères, qui a été construit
en 1458, sous la direction de Jean Natte, habitant de
cette dernière localité, et réparé plus tard aux frais de
Rodolphe de Linans. La prise d'eau du premier canal,
devant laquelle se trouvait une grille en fer, est située à
150 mètres, environ, en amont du barrage ou écluse du
second, ce qu'indiquent suffisamment les restes de murailles renversées qu'on voit au fond de la rivière, sur la
rive droite, et la direction des deux regards situés entre
Gapeau et la Crau. Bien que le ruisseau le *Riouroun*
(petit-réal) afflue dans le Gapeau juste au-dessus de
l'écluse et en face de la prise d'eau du canal d'Hyères,

(1) La rivière de Gapeau prend sa source au pied de la Sainte-
Beaume et se jette dans la rade d'Hyères. Elle a pour affluent le
Latay.

l'eau, paraît-il, que recevait cette dernière ne suffisant pas, à certains moments, pour les besoins des habitants, il fut échangé, entre le seigneur de la Garde et la communauté d'Hyères, l'eau du canal de Grenouille contre la partie de la Colle-Noire appartenant à cette dernière communauté. Des documents en ma possession me font supposer que cet échange a eu lieu, au plus tard, dans le dix-septième siècle.

Poirier géant. — En franchissant les quelques décamètres qui, aujourd'hui, séparent du territoire de la Garde la propriété de M. Chabaud, le savant conservateur du jardin botanique de la marine, nous pourrons saluer le poirier légendaire qu'on rencontre dans cette propriété. Ce vétéran de la végétation me semble aussi intéressant qu'un édifice, quelle que soit son ancienneté. Son tronc, à mi-hauteur, mesure 2 mètres 90 de circonférence, c'est-à-dire très près de 1 mètre de diamètre. La hauteur totale de l'arbre atteint 12 mètres, environ. Il y a une trentaine d'années, il produisit près de 500 kilogrammes de fruits. Quant à sa légende, écoutons les habitants du lieu où il se trouve : « D'après la tradition locale, ce poirier géant a plus de cinq cents ans. Vers 1345, Jeanne, reine de Naples et comtesse de Provence, se rendant un jour de la Valette à Sainte-Marguerite, vit ledit poirier et fut frappée de sa belle venue, ainsi que de sa grosseur relative. Après l'avoir admiré, elle fit graver sur son tronc, par un de ses écuyers, les mots suivants : *Ta beauté t'a conservé et te conservera.* Cette inscription a été effacée par le temps, mais nos ancêtres en ont transmis le souvenir à leurs enfants; et, depuis, la maison de campagne auprès de laquelle se voit cet arbre, est connue sous le nom de *Bastido doou gros périer* (campagne du gros poirier).

PÉRIODE MODERNE

1458 — 1800

—

Hôtel-de-Ville. — A une époque très-reculée, les conseillers de la communauté achetèrent, pour servir de maison commune, l'hôpital du Saint-Esprit, situé dans l'enceinte du moyen âge. Ce fut probablement le premier lieu de réunion qu'ils possédèrent en propre. Ils avaient dû se contenter, jusqu'à ce moment, d'emprunter pour leurs assemblées, soit une salle du même hôpital, soit la nef de la paroisse. Le bâtiment municipal ou Hôtel-de-Ville fut totalement brûlé, en 1707, dès l'arrivée à la Garde des troupes du duc de Savoie destinées à faire le siège de Toulon. Il n'en resta que les quatre murs, qui, avec l'emplacement, furent vendus plus tard. La maison d'habitation qui remplaça l'ancien hôpital du Saint-Esprit devenu Hôtel-de-Ville, et pour l'usage de laquelle on avait conservé l'ancienne porte renaissance, ajoutée après coup, a été démolie, dans ces derniers temps, par son propriétaire, M. Auban, parce qu'elle menaçait ruine. Un mois après que l'ennemi eut décampé, le Conseil se réunit pour la première fois dans une maison assez éloignée

du bâtiment communal, toutes les maisons voisines ayant
également été incendiées. Cette maison, qui appartenait
à Henry Masseillais, est celle que l'ancienne maison Latty
sépare de l'Hôtel-de-Ville récemment abandonné. Peu
après, la municipalité s'installa dans ce dernier local; et
en 1729, elle le fit restaurer et embellir. On l'avait, d'a-
bord, fait consolider en y ajoutant des *acoules* ou contre-
forts. Cette maison commune est telle qu'on la voyait
après sa restauration, mais avec une des deux grandes
fenêtres de la salle des délibérations en moins, celle de
la façade nord, qui a été aveuglée. La porte d'entrée,
dont l'ouverture a 2 mètres 48 sur 1 mètre 17, a un encadrement saillant, en pierres de taille, et est surmontée
d'un chapiteau. On voit, sur le voussoir central de cette
porte, le millésime 1729. L'ancienne mairie vient d'être
remplacée par un grand et bel édifice, construit d'après
les plans de M. Guérin, architecte du département.
M. S. Barthélemy en a été l'entrepreneur. C'est à l'ini-
tiative et aux persévérantes démarches du maire actuel,
M. Eugène Blanc, aidé du Conseil municipal, qu'on doit
l'édification de ce nouveau bâtiment, à la fois Hôtel-de-
Ville et Maison d'école. (*Voir Hôpital du Saint-Esprit.)*

Tour de l'Horloge. — On voit, non loin de
l'Hôtel-de-Ville, adossée au rempart et à côté de la porte
ouest du village roman, la tour de l'horloge. Elle est
plantée sur un carré de 4 mètres 50 de côté. Elle est sans
toit, mais à plate-forme avec parapets. Au milieu de la
hauteur, un cordon torique, terminé, inférieurement, par
un filet et un cavet, règne sur les quatre faces, qui sont
couronnées par une petite corniche. La voûte, formant

7

terrasse, est surmontée d'une tourelle cylindrique sur
laquelle se dresse une charpente ou cage en fer supportant la cloche. Les ornements en fer forgé et embouti qui
accompagnent cette cage, en font un ensemble assez gracieux. Sur la girouette terminale, se trouve, découpé à
jour, le millésime 1777. La tour a été construite par An-
gaurran, de Toulon ; l'horloge et la cage en fer sont de
Petitpain « maître serrurier et horloger » de la Seyne,
qui avait obtenu ce travail, mis en adjudication, pour le
prix de 1,620 livres. Un payement de 223 livres lui fut
fait, l'année suivante, pour des augmentations à la cage.
Galopin, fondeur de la ville d'Aix, fut l'adjudicataire de la
fourniture de la cloche. On lui paya pour cet objet, y compris la refonte de la cloche de la paroisse, 1,947 livres 15 sols.
Les deux cloches furent fondues sur place, dans le jardin de
Maur Grué situé à côté de la maison avec jardin ayant
appartenu à messire de Pontevès. Vidal, maître fondeur de
l'arsenal en opéra la *recette* (1). Ce doit être la première
horloge à sonnerie qu'ait possédée la commune. Bien que
l'usage de ce genre d'horloge ait été adopté pour le service public dès le commencement du quatorzième siècle,
époque de son invention, ce ne fut que dans la seconde
moitié du dix-septième que l'on put savoir l'heure d'une
manière approchée. Jusqu'alors les montres et les hor-
loges n'avaient été que des machines grossières et peu
exactes. On dit que l'usage des cloches, pour annoncer les
saints offices, remonte au septième siècle, et que leur
invention fut faite à *Nolle*, ville de Campanie ; d'où leur

(1) La tour de l'horloge a été construite aux frais de la communauté.

vint le nom de campanœ. En provençal, on dit encore
campano.

Château de Passis. — Dans la partie haute du
village moderne, se trouve un très-grand hôtel appelé
« château de M. de Passis ». Cet édifice semble avoir été
fondé vers le commencement du dix-septième siècle ; et
sa fondation est due aux seigneurs de Thomas. Par acte
du 7 septembre 1748, le dernier seigneur de la Garde
acheta au prix de cent mille francs, (2,000 fr. pour les ou-
tils et instruments aratoires et les tonneaux, et 98,000 fr.
pour le château, ses dépendances et les terres), de messire Joseph-Charles de Marck-Tripoli-de-Panisse-de-
Passis, procureur général, de son père, messire César
de Marck-Tripoli-de-Panisse-de-Passis, seigneur de
Lamanon et de Beauveset, ledit château et toutes
ses dépendances ayant appartenus à Henry de Thomas, qui avait laissé en héritage tous ses biens, y
compris son bel hôtel d'Aix, à la famille Marck-Tripoli-
Panisse-de-Passis. Ce vaste bâtiment a, sur rez-de-chaussée, deux étages hauts de plafond et percés de grandes
fenêtres rectangulaires, et un troisième étage ayant moins
de hauteur. La porte d'entrée, qui me paraît avoir été
refaite plus d'un demi-siècle après la construction du
château est grande et assez remarquable. La baie, en arc
faiblement bombé, a 3 mètres de hauteur sur 1 mètre 50
de largeur. Elle est encadrée par une belle bordure, large
et saillante, composée d'un tore accompagné, d'un côté,
d'une doucine et de filets, de l'autre, d'un congé plat avec
listels. L'ensemble de ces moulures recouvre environ la
moitié des pilastres toscans engagés qui supportent un

entablement dont la corniche est en arc bombé, avec retours horizontaux à ses extrémités. Le milieu de l'entablement a été perforé de part en part, de manière à pouvoir y fixer, en le boulonnant, le blason du propriétaire ou un cartouche quelconque. On remarque la bonne exécution, le fini et la pureté des moulures, ainsi que la beauté de la pierre, dont le poli et la couleur la font ressembler au marbre. L'escalier est précédé d'un grand vestibule et d'un portique de l'époque de l'édification du château. Sur le voussoir central de ce portique, on a sculpté un écu renfermant une croix grecque pattée, armoiries primitives, c'est-à-dire sans les ornements de pure fantaisie qui, ordinairement, les accompagnent, de la Maison de Thomas. Dans la cage de l'escalier, grand et commode, on voit des niches pratiquées dans les pans coupés des angles et propres à recevoir des statues. C'est dans cette habitation que se trouvaient, dans le siècle dernier, l'auditoire et le greffe de la justice de paix subalterne de l'époque. Ce fut, sans doute, lorsqu'on construisit le château de Passis, qu'on établit, en coupant le rempart, un passage pour servir de voie de communication entre le village ancien et le village moderne, et qu'on appela la *brèche* ; nom que porte une rue voisine.

Château d'Astouret. — C'est un grand et fort bâtiment, de la fin du seizième siècle ou du commencement du dix-septième, sans caractère architectonique. Il est habité quoique demi-ruiné. Le plan du corps principal est un rectangle de 20 mètres sur 9 mètres de côté. La façade principale, à deux étages, est percée de grandes fenêtres rectangulaires très-espacées, celles du second étage ayant moins de hauteur que de largeur. Au rez-de-chaussée, se trouvaient deux portes à plein cintre, une vers chaque extrémité de la même façade ; de ces deux portes, celle de droite a été aveuglée, après qu'on a eu enlevé l'encadrement en pierre de taille. On voit, au premier étage, une grande salle dont la charpente, non lambrissée, du plancher supérieur est ornée de moulures. Cette charpente ressemble en tous points, par la disposition des pièces de bois qui la composent, à celles qu'on rencontre dans quelques maisons opulentes de Toulon, construites au commencement du dix-septième siècle. Ce superbe domaine, autrefois appelé *Les Tourets*, appartenait à messire Gaspard de Thomas, seigneur de Sainte-Marguerite et de la Garde. Le 2 octobre 1619, François de Saqui, lieutenant principal de la sénéchaussée d'Hyères, et, plus tard, de 1643 à 1647, lieutenant général de celle de Toulon, acquit, dudit seigneur, ce domaine, qui constituait un fief important, avec haute, moyenne et basse juridiction, au prix de 14,400 livres. En 1632, messire de Saqui d'Astouret se rendit également acquéreur, à Toulon, de la grande maison ayant façade sur le port, sur la rue République et sur la rue d'Alger où se trouve sa porte d'entrée, qui attire l'attention par son architecture du style de transition du commencement du dix-septième siècle. Elle lui fut vendue par le chanoine Marc-Antoine d'Aimar. En 1664, messire de Saqui maria sa fille avec Melchior de Thomas, seigneur de Châteauneuf. Son fils, Marie-Joseph de Saqui, chevalier de l'ordre de Saint-Louis, officier de marine, devint, après sa mort, seigneur d'Astouret. Il avait épousé Marguerite de Thomas, sœur et héritière de Louis de Thomas, seigneur de Carquei-

ranne, fils de messire Pierre de Thomas et de dame
Hyppolyte de Garnier. Messire Joseph de Léotaud, lieutenant honoraire de la sénéchaussée de Toulon, a dû pos-
séder le château d'Astouret, puisqu'il est qualifié, dans
des actes publics de 1707, de seigneur d'Astouret et de
Château-Redon. En 1765, noble Joseph-Melchior Cavasse,
deuxième consul de Toulon, en 1763, était seigneur des
Thourets. Le 30 octobre 1792, l'Administration du district de cette ville vendit les Thourets. En 1796, ce domaine fut revendu sur de nouvelles enchères.

Château de la Cibonne. — Ce vaste et ancien
domaine, « avec bastide, remises, cellier, pigeonnier, aire,
patec, jardin sec », est situé dans le beau quartier des
Pinèdes, au pied de la Colle-Noire, et traversé par le
chemin de la Garde au Canet-bas. La maison de maître,
qui occupe une surface de 240 mètres, présente, en comprenant les avant-corps latéraux, une façade de 28 mètres.
Sur le corps médian, qui a 16 mètres de largeur, et six
fenêtres à chacun des deux étages, se trouve une porte
d'entrée de forme rectangulaire et encadrée de pilastres
supportant un entablement. On y voit, aussi, une porte
de remise en anse de panier. Les avant-corps ont 6 mètres de saillie, et les faces latérales de l'ensemble 12
mètres. Sur le claveau d'une porte cochère latérale, ainsi
que sur la porte de derrière de la maison de maître, est
gravé le millésime de 1662. Le domaine dit, de nos jours,
la Cibonne, avait été acquis, en vertu d'un acte du 24
février 1693, notaire Arnaud, de Gaspard Sibille par
Louis Vallavieille notaire et avocat du Roi. Par acte reçu
le 7 décembre 1787, notaire Lesperon, messire Cibon,

Jean-Baptiste, ancien capitaine de vaisseau, chevalier de l'ordre militaire de Saint-Louis, admis à la Société martiale de Cincinnati, devint acquéreur de la propriété, qui prit à la suite le nom de *Cibonne*. Elle lui fut vendue par M^{tre} François-Louis-Michel de Vallavieille, fils de François-Charles, conseiller et procureur du roi en la sénéchaussée de Toulon, qui la tenait du susdit Louis Vallavieille. Après 89, la vaste propriété dite la Cibonne, fut morcelée et vendue par l'Etat à divers particuliers.

Château du Clos. — Cet ancien domaine noble, plus connu, de nos jours, sous la dénomination de Château-Samson, appartient à la famille du sénateur Dupuy-de-Lôme. Il avait été vendu, le 23 octobre 1751, M^{tre} Mollinier notaire, par le baron de la Garde, à Pierre Toucas, négociant à Toulon, mort en 1794, après avoir été érigé en arrière-fief en faveur de ce dernier. Le bâtiment principal, sur plan rectangulaire, est flanqué aux angles est, ouest et nord-est, de tours rondes à toits en terrasse avec parapets. Il a été remanié, ce qui lui a fait perdre son caractère primitif. Dépendances nombreuses, colombier à pieds, fontaines, bassins, etc. La terre est en deux parties séparées par le chemin de la *Planquette*. Au sud du colombier, on trouve un grand ruisseau, qui, bien qu'ordinairement à sec en été, donne après les pluies d'automne, naissance au petit Eygoutier.

Château Saint-Michel. — En 1656, le baron seigneur de la Garde possédait la terre Saint-Michel, acquise, en 1589, par Nicolas de Thomas, un de ses prédécesseurs, de Pierre de Pontevès. On y voyait, alors,

une métairie ou bastide, avec fontaine, grand bassin, près,
jardin, *espalière en muraille et terre*. Dans les premières années du dix-huitième siècle, le château actuel
était construit. Il a deux étages sur rez-de-chaussée,
surmontés d'un petit étage avec baies en œil-de-bœuf.
Son plan est rectangulaire, et son toit est à deux égouts.
Sa façade principale est cantonnée de deux tours rondes
à toit conique. D'après un inventaire de 1767-1768, on
y trouvait, outre le château «en pavillon», de nombreuses
constructions dont la plupart avaient été commencées par
le dernier seigneur de la Garde, Charles-Joseph-Paul de
Thomas, mort en 1767. En 1820, le chevalier Chaubry
de Blottière, qui avait acquis ledit domaine de messire de
Thomas la Valette, héritier du dernier seigneur de la
Garde, le vendit à M. Morisot. L'acte de vente désigne,
entre autres dépendances, « moulin à huile, moulin à
farine, bergerie, trois grands réservoirs avec leurs fontaines ». Ce beau domaine, appelé, dans ces derniers
temps, Château-Morisot, appartient, aujourd'hui, à
M. Rouget, qui l'a embelli et agrandi, et en même temps
fertilisé. Il est situé à 2 kilomètres du village, dans le
quartier Saint-Michel, près des *Quatre-Chemins* ou
point de croisement des routes de Toulon à Hyères et de
Toulon à Pierrefeu.

Château du Néoulier. — Cette vaste villa du dix-
septième siècle, sans aucun ornement architectonique et
dont le plan est rectangulaire, a les deux étages de sa
façade principale percés, chacun, de six fenêtres. Il y a
également six baies au rez-de-chaussée, dont deux portes, une vers chaque extrémité. On a simulé deux pa-

villons latéraux en élevant d'un troisième étage les deux
parties extrêmes du bâtiment. Ces deux pavillons ont un
toit à pignon ou à deux pentes, comme le corps central,
mais avec la différence que les pentes des toits des premiers sont opposées à celles du toit de la partie médiane
de l'édifice. La grande façade nord a moins d'ouvertures.
D'après une description et estimation des château et terre
du Néoulier, en date du 24 juillet 1743, la distribution
intérieure était la suivante : « Rez-de-chaussée composé
d'une salle basse, salon au couchant d'ycelle et un petit
office, de deux cuisines à levant dudit salon et d'une
espèce de couloir de six pans de largeur dont l'extrémité
était destinée à servir de prison, adossé audit château du
côté du levant et dont les façades extérieures n'ont jamais été crépies ; à couchant de la montée (escalier) s'y
trouve deux appartements servant de cellier. Premier
étage composé de salle, trois chambres et deux cabi-
nets vers le couchant, de trois chambres du côté du
levant et d'une espèce de corridor. Second étage, n'étant
qu'un galetas. Murailles de l'écurie, bergerie, cellier et
celles du cochonnier, de cloture du jardin et cour n'ont
jamais été crépies ». Tous les toits étaient à la *marseillaise*, mais avec roseaux. A cause du mauvais état du
château avec ses dépendances, et des terres, le premier
fut estimé 1,368 livres, et les terres 5,449 livres. La
contenance de la terre était de 11 hectares et demie, environ. Ce domaine noble s'appelait au dix-septième
siècle, le *fief de la Tour*, et appartenait aux barons de
Thomas de la Garde. Sans remonter plus haut, en 1644,
il était la propriété de François de Thomas, qui avait
vendu, en 1640, à la communauté de Toulon, les domaine

et seigneurie de Dardennes. Plus tard, messire Jean de Thomas de la Garde, docteur en théologie, seigneur de la Tour et archidiacre de l'église de Figeac, propriétaire de ce domaine, le laissa, par testament, à Charles-Paul de Thomas, seigneur de la Garde, baron de Sainte-Marguerite, et à demoiselle Mariane de Thomas, fille de messire Gaspard de Thomas, ancien capitaine, tous trois cohéritiers. En 1701 et le 23 mars, Joseph-Paul de Thomas, baron de la Garde, vendit ledit domaine au sieur Mérisan ; mais ce dernier ne pouvant remplir ses obligations vis-à-vis de son vendeur, auquel il était redevable d'une assez forte somme, l'arrière-fief de la Tour redevint, en 1706, par transaction, la propriété du susdit vendeur, qui la céda à son fils Jean-Baptiste. Cette ancienne terre noble, dite aujourd'hui, le Néoulier ou les Néouliers (noyers), nom qui est celui du quartier où il est situé, et qu'on nommait aussi quartier des Siagnes (joncs), appartenait, dans le milieu du dernier siècle, au chef d'escadre messire Henry de Rochemaure, dont la fille épousa, le 18 septembre 1770, Louis-Toussaint d'Antrechaus, officier de marine. Le 26 octobre 1772, Madame de Rochemaure baptisa, dans le château, à cause de danger de mort, une fille de son gendre. En 1791, l'arrière-fief de la Tour était encore la propriété de M. de Rochemaure.

Château de Grenouille. — Le bâtiment principal, dont le plan est rectangulaire, et qui a son toit à quatre égouts, est cantonné de quatre tours ou pavillons carrés avec couvertures à une seule pente, mais disposées symétriquement. La chapelle, qui, aujourd'hui, sert de

magasin, a été coupée longitudinalement pour l'élargissement du chemin de *Grenouille*, qui s'embranche à celui de
la Garde au Pradet. La façade de cette chapelle, dont toutes
les baies ont été aveuglées, est du style du dix-septième
siècle. Le château qui nous occupe, est situé entre la
Garde et le Pradet, au quartier de *Grenouille*, dont il a
porté autrefois le nom. Il a fait partie de la seigneurie de
la Garde ; l'on trouve dans les papiers d'archives de cette
commune, que Gaspard, *deuxième* de Thomas vendit
à messire de Laminois, en 1654, une terre dans le quartier de Grenouille. Messire de Laminois, receveur des fermes à Toulon (dont une rue de cette ville porte le nom),
qui se plaisait dans cet important domaine, où se trouvait
un beau jardin avec fontaines et réservoirs, avait fait
exécuter dans la chapelle, joignant ce jardin, des peintures d'un grand prix. Ces peintures étaient dues au
pinceau de Jean Jacques, artiste de Paris, qui s'était fixé
à Toulon, où il a beaucoup travaillé. A la mort de messire de Laminois et de sa femme, née de Burgues (de
Missiessy), leur fille devint propriétaire du château de
Grenouille, où elle mourut le 23 juin 1741. Elle fut por-
tée, le même jour, à Toulon, sa ville natale, et ensevelie
dans la cathédrale. Veuve de messire de Mons, chef d'escadre, et sans enfants, elle laissa sa maison de campagne
à messire Martiny d'Orvès, chef d'escadre, qui la revendit, le 24 août 1741, c'est-à-dire deux mois après la
mort de sa donatrice, au prix de 18,500 livres, à M. Joseph Lavoute, de Toulon, qui a été maire de la Garde.
Le domaine de Grenouille, qui a longtemps porté le
nom de ce dernier propriétaire, appartient aujourd'hui à
M. Paul Flamenq, consul de Turquie.

Château du Pradet.— Plus connu sous le nom de château Mallard, nom d'un de ses derniers propriétaires, ce domaine seigneurial (1) appartenait, en 1667, à noble Joseph de Catelin, coseigneur de la Garde, à cause de son fief, conseiller et secrétaire du roi au Parlement de Provence ; le même qui fut élu maire de Toulon, en 1697, 1705, 1709 et 1710. Il avait épousé la sœur de Jules-César de Thomas, seigneur de la Garde. Son fils aîné, Hyacinthe-Joseph, capitaine de l'infanterie des vaisseaux, étant mort en 1735, son fils cadet, Joseph, chevalier de Saint-Louis, capitaine de vaisseau, hérita de la coseigneurie, qu'il transmit à ses descendants, qui la tenaient encore en 1788. Le bâtiment de maître consiste en une grande maison, occupant une surface rectangulaire de 150 mètres carrés, environ. Il est isolé dans un immense enclos, dont le portail s'ouvre sur la route de Carqueiranne à Toulon, au cœur du village. Il a deux étages sur rez-de-chaussée, et son toit est à quatre pentes. Sur la façade principale, sont deux avant-corps latéraux dont la saillie est peu prononcée. De nombreuses dépendances, telles que colombier rond à pieds, régale, ménage, bergerie, écuries, grande cour, chapelle, se voyaient autrefois, aux abords du château. Le propriétaire actuel est M. Meunier, qui l'a acquis de la famille Mallard.

Château de Lesquirol. — Cette bastide ou villa du dix-septième siècle, plantée sur un rectangle très-

---

(1) Ce doit être le même domaine noble, excepté, peut-être, le château actuel, que Jean Catelin, père de Joseph, avait acquis, en 1664, de Joseph d'Anget, et dont le quartier où il est situé s'appelait, alors, quartier de *Belegue* ou de la *Draye* (?).

allongé, a deux pavillons latéraux, en saillie seulement
au-dessus du corps principal. Le toit de ces pavillons est
à quatre égouts, tandis que celui de la partie médiane du
bâtiment n'a que deux pentes. Contre le pavillon gauche,
se trouve greffé un second corps de bâtisse, ajouté après
coup. Autrefois, les dépendances de ce château consistaient
en bergerie, jardin clos, jardin potager, fontaines et plusieurs terres. Situé dans le quartier des *Clapiers*, sur la
route de Carqueiranne, il appartenait au dix-septième
siècle, à messire Ricaud, qui le donna en dot à sa fille, le
jour de son mariage avec messire César Raisson, lieutenant
du roi à Toulon. Messire de Coriolis, marquis, ayant
épousé, le 24 septembre 1725, mademoiselle Marie-
Gabrielle Raisson, le château de Lesquirol passa, par
contrat, entre ses mains. En 1765, il était la propriété de
César de Coriolis, fils du premier, lieutenant de vaisseau,
qui le tenait encore en 1789. M. Marquésy, membre de
l'Assemblée nationale, en fit l'acquisition en 1796.

Château et chapelle Farnoux. — Vers le milieu du siècle dernier, en 1765, Me Joseph-Gabriel Farnoux, avocat, notaire royal à Toulon, était propriétaire
de terres confrontant le torrent de Regua-nas. La grande
maison de campagne, appelée Château-Farnoux, est de
construction récente, elle a été fondée, vers 1825, par
un descendant de l'avocat Farnoux. Elle est séparée de
l'ancienne bastide par le torrent de *Regua-nas*. Entre
le château et ledit torrent, à l'ouest, on voit une belle
chapelle du style gothique des quatorzième et quinzième
siècles, dont l'érection ne remonte qu'à une trentaine
d'années; elle a été terminée vers 1850. A l'intérieur, on

8

remarque, dans le sanctuaire, un beau groupe en marbre, de grandeur naturelle, représentant le Christ mort sur les genoux de la Vierge. Cette *Piéta* est due au ciseau de Pradier, sculpteur contemporain qui a joui d'une assez grande renommée. Le domaine de Château-Farnoux, ainsi que la chapelle, est devenu la propriété de M. Clapier, ancien président honoraire à la Cour de cassation, qui, à sa mort, l'a transmis à sa famille.

Eglise paroissiale. — Cette église, sous le vocable de la Nativité-de-la-Vierge, sa patronne titulaire, a pour patron secondaire saint Maur, patron vénéré du village. Elle a été construite, de 1784 à 1789, d'après les plans dressés par Honoré Vaccon en 1778 (1). Ce fut le 22 janvier 1784 qu'eut lieu l'adjudication définitive en faveur de Joseph Bourgarel, architecte toulonnais, au prix de 70,567 livres. Les travaux furent entrepris le 6 février de la même année, sous la direction de l'architecte Vottier, qui, peu après, fut nommé ingénieur de la ville de Toulon. Le 30 août 1788, Barallier, ingénieur de la marine, en opéra la recette ; et il fut alloué à Bourgarel, en outre du prix d'adjudication, 1749 livres, 3 sols et 10 deniers pour les ouvrages d'augmentation, qui n'étaient pas spécifiés dans les devis du plan. L'évêque de Toulon avait fait sa première visite pastorale à la nouvelle paroisse le 18 février 1788. Vottier était l'auteur d'un projet de maître-autel, qui ne fut pas suivi ; on préféra celui de Vaccon. Par acte du 6 septembre 1787, les maire et consuls de la communauté donnèrent à prix

(1) Construction de la nouvelle paroisse, 1778-1789. Carton DD, 13.

fait la construction dudit autel à Marc Roux, sculpteur d'Aix, « cet autel (dit le marché) sera fait en marbre blanc veiné et Bardille (?), il sera composé de deux gradins, de son tabernacle et d'une Gloire; il sera à tombeau, avec ses ailes par côté, il sera conforme au plan dressé par le sieur Vaccon, signé par lui et par Ventre, maire; le sieur Roux se conformera, pour la Gloire, à celle qui est à côté gauche dudit plan; le derrière de l'autel sera monté en maçonnerie; le marche-pied sera en marbre, les blocs seront en marbre commun. » Le même artiste fut chargé, en outre, de faire les fonts baptismaux d'après un plan donné « la vasque sur un piédestal (piédouche), mais sans couvercle, et l'ange d'une seule pièce, le tout en marbre commun, ainsi que deux coquilles pour bénitiers, du même marbre que celui des fonts baptismaux ». Le prix convenu de tous ces travaux était de 2,200 livres. Un très vaste tableau, de 6 mètres de largeur sur 8 mètres de hauteur, fut commandé, pour être placé au fond du sanctuaire, à Laurent Barnouïn, peintre de Toulon, qui reçut, pour ce travail, 400 livres le 22 janvier 1789, et 767 livres 10 sols pour les frais du cadre, ainsi que pour ceux de la toile, du châssis et autres fournitures. Trois artistes de Toulon, Joseph Michel, dessinateur de Monseigneur le duc de Chartres, J.-Louis Panisse (1), professeur de peinture à l'Académie de l'Arcade, à Rome, et Gibert, sculpteur du roi à l'Arsenal, les deux premiers commissionnés par les maire et consuls de

(1) Panisse avait souscrit pour 9,000 livres à l'emprunt contracté par la commune, pour la construction de l'église paroissiale. Le taux de l'intérêt était du 5 %.

la Garde, le troisième choisi par Barnouïn, furent chargés d'examiner et *recevoir* ledit tableau. Bien que l'appréciation de ces trois artistes fut très défavorable à l'œuvre de Barnouïn, la municipalité, pensant, sans doute, que les trois experts avaient pu se tromper dans leur jugement, acceptèrent la grande toile du peintre, qui représentait la Nativité de la Sainte-Vierge, et firent placer, pour la garantir de la poussière, par le tapissier Démolins, deux grands et beaux rideaux, qui ne coûtèrent pas moins de 200 livres. Tous les travaux d'ornementation allaient être terminés lorsque la Révolution de 89 éclata. L'église fut dévastée par les soldats qui y furent casernés en 1793, pendant le siége de Toulon. Le grand tableau du sanctuaire servit de cible, et le maître-autel, ainsi que les fonts baptismaux, furent détériorés. Complètement abandonnée ensuite, sa toiture s'effondra en grande partie, et tout son ameublement fut pillé ou dispersé. En août 1822, le Conseil municipal vota une première somme de 2,000 livres pour contribuer à la restauration de l'église paroissiale, et, en 1825, le gouvernement accorda 2,400 livres pour le même objet. La commune décida, en 1826, une nouvelle contribution de 4,595 fr. 40 centimes. Quoique ces sommes réunies fussent insuffisantes, le devis estimatif de la réparation s'élevant à 14,171 francs, sans compter quelques petits travaux imprévus, on mit immédiatement la main à l'œuvre, et les travaux de restauration furent achevés en décembre 1827. Néanmoins l'édifice ne fut livré au culte que vers la fin du mois de septembre de l'année suivante, ainsi que nous l'apprennent les lignes que voici, extraites du procès-verbal de la séance municipale tenue le 9 novembre 1828 :

«Vu que l'église est rendue aux exercices religieux depuis plus d'un mois, après la bénédiction et purification du tabernacle».

Le plan de l'église paroissiale de la Garde, une des plus vastes de l'arrondissement, est un rectangle de 39 mètres 30 sur 19 mètres 50 de côté. Sa façade, de style Louis XV, est sans caractère, mais l'intérieur, d'ordre toscan, est assez imposant. Ses trois nefs, sans transept, sont séparées par des piles supportant les archivoltes plein cintre des travées au nombre de douze. Des pilastres engagés dans ces piles soutiennent l'entablement de la nef médiane que surmontent des voûtes d'arête séparées par des arcs-doubleaux plein cintre retombant au droit des dits pilastres. Il en est de même des nefs latérales, excepté qu'il ne s'y trouve ni entablement ni corniche. Tous les piliers, pilastres, archivoltes, arcs-doubleaux sont de grosse et belle pierre calcaire des environs ; tandis que toutes les voûtes sont en pierre de tuf, bien que dans le devis de Bourgarel il fut spécifié qu'on les ferait en brique. L'entablement est en lambrissage sur gabarits en bois retenus par des crampons en fer, et revêtu de plâtre en tous sens. L'abside, rectangulaire et de même largeur que la nef médiane, est ajourée par une grande fenêtre géminée, de construction récente, dont les vitraux peints représentent les saints Patrons de la paroisse. Des douze travées qui composent les nefs latérales, deux font partie du chœur ; deux autres, celles du fond sont aveuglées et renferment, d'un côté, la sacristie, de l'autre côté, la base du clocher, qui est carré, à plate-forme avec parapets et percé de fenêtres plein cintre.

Dans la nef de droite, en entrant, on voit, dans la première travée, les fonts baptismaux dont le rétable contient un tableau du baptème de Jésus-Christ par saint Jean ; dans la seconde, l'autel des trépassés orné d'une peinture sans nom d'auteur, et contre une pile un Christ en bois, grand comme nature, dû au ciseau d'un ancien sculpteur de l'arsenal ; dans la troisième travée, un Saint-Maur peint, en costume sacerdotal et officiant, que Pellicot, le savant agronome fait chevalier, exécuta dans sa jeunesse. Dans une niche de ladite troisième travée, niche pratiquée dans une des piles séparatives, se trouve un magnifique buste, en bois peint et doré, du même Saint-Maur, donné, en 1714, à l'ancienne chapelle de ce nom, par le seigneur de Montlezun, à la suite d'un vœu. Une copie de ce buste, de la même époque et de bonne peinture, faite sur deux volets qui fermaient, autrefois, la niche dans laquelle on le renfermait les jours non fériés, se voit, plus haut, contre le même pilier. Aux murs et à la voûte sont appendus une multitude d'ex-voto de plusieurs sortes, tels que tableaux, béquilles, appareils, petits vaisseaux, etc., apportés là, quelquefois de très-loin, par des personnes guéries de leurs infirmités ou échappées à la mort, et par de malheureux naufragés. Dans la quatrième travée, le rétable de l'autel enchâsse un Sacré-Cœur de Jésus, ouvrage du peintre toulonnais marquis de Clinchamp, élève de Girodet. A côté, on remarque une bonne reproduction à l'huile de la *Mise au Tombeau* peinte par l'immortel Titien, artiste vénitien du seizième siècle. Ce dernier tableau a été donné, en 1881, par l'Etat. Dans la nef gauche, l'autel de la première travée est orné d'un *Saint-Etienne* peint par de

Clinchamp ; celui de la seconde d'un *Saint-Eloi* du même peintre, et d'un autre *Saint-Eloi*, à mi-corps, copié d'après un tableau espagnol ayant fait partie de la galerie du roi Louis-Philippe. Le troisième autel est dédié à saint Joseph, et le quatrième, dans la quatrième travée, à la sainte Vierge. Dans cette dernière travée, on voit une toile représentant la *Naissance de la Vierge*. Ce tableau, donné par l'Etat, en 1865, est une copie d'après l'original, qui se trouve au musée du Louvre, du fameux peintre espagnol Murillo, qui vivait dans le dix-septième siècle. Au-dessous de cette toile, est une autre copie de la *Vierge aux candélabres* du divin Raphaël. Ce dernier ouvrage, ainsi que la somptueuse bordure en bois sculpté et doré qui l'encadre, est un don de l'avocat Mistral, de Toulon. Le tableau placé au-dessus de la grande porte d'entrée, représente la *Nativité de la Vierge*. Toutes les fenêtres plein cintre et les œils-de-bœuf qui éclairent les nefs sont fermés par des vitraux peints modernes représentant des figures de saints. Les personnages de la chaire à prêcher ont été sculptés par Sénéquier Bernard.

Eglise succursale du Pradet. — En 1679, la chapelle du château servait pour les habitants du quartier. Elle était dédiée à Notre-Dame, et se trouvait en façade sur le chemin de Toulon à Carqueiranne, à l'entrée du hameau naissant. En 1788, dame Catherine-Claire de Catelin la Garde, veuve de messire Victor-Antoine-Louis comte de Lincel de Bousquet, et son fils marquis de Lincel, offrirent à la communauté, pour y construire une nouvelle chapelle, un terrain situé vis-à-vis de l'ancienne, qui était devenue insuffisante. D'autre part, le

30 mars de la même année, un certain nombre d'habitants du Pradet et des quartiers voisins, s'étant assemblés dans le salon du sieur Achard, chirurgien du lieu, dans la maison de M. Mouttet, décidèrent, vu l'urgence, d'établir une chapelle publique sur le terrain de la chapellenie Sainte-Anne de la Valette, situé sur le chemin de Toulon à Carqueiranne, confrontant, au nord, ledit chemin, et, au couchant, le chemin de la Garonne, « ce terrain se trouvant à une faible distance de l'ancienne chapelle de messire de Catelin, et moins exposée qu'elle à être submergée par les eaux pluviales » M. le comte de Thy, chevalier de Saint-Louis, brigadier des armées du roi, chef de division, et M. Mouttet ayant offert de faire l'acquisition du terrain de la susdite chapellenie, et de l'offrir gratuitement, il fut établi un syndicat, dont M. de Thy fut nommé premier syndic et M. Vincent Vidal, ménager, syndic adjoint, pour faire auprès de MM. les consuls de la Garde toutes les *réquisitions* et *réclamations* nécessaires pour l'établissement, au quartier du Pradet, et sur le terrain offert par MM. de Thy et Mouttet, d'une chapelle publique assez vaste pour recevoir tous les habitants du lieu, ainsi que les personnes étrangères y possédant biens. Il fut arrêté qu'en cas de refus de la part des consuls, il serait *opposé* et *protesté*, et agi en conséquence, etc. A la suite des délibérations prises dans cette réunion, à laquelle assistait Mᵉ Jaurat, notaire de la Garde, et Joseph Agarrat, viguier, lieutenant de juge, il fut passé et publié, par ledit notaire, un acte en bonne forme. Dans une nouvelle réunion, qui eut lieu le 16 janvier 1791, les habitants présents donnèrent pouvoir à Louis Fournier de se

présenter au Directoire du district pour faire de nouvelles
offres lors de l'adjudication définitive, celle de 400 livres
que ce dernier avait offerte dès la première adjudication
n'ayant pas paru suffisante. La terre dépendant de la
chapellenie de Sainte-Anne de la Valette ayant de nouveau été mise aux enchères, le 20 mars 1791, en présence de MM. les administrateurs du Directoire du
district de Toulon, en conformité des décrets de l'Assemblée nationale, Pierre-Antoine Mouttet en fut déclaré
l'adjudicataire au prix de 506 livres, offre plus élevée
que celle de ses associés Louis-Thomas Fournier et Honoré Bernard. A la suite de cette acquisition, il fut décidé
qu'il serait prélevé, sur ladite terre, un espace de 20
toises (39 mètres) de long sur 15 toises (29 mètres 25)
de large pour le sol de la nouvelle chapelle, plus un
emplacement de 21 pieds (6 mètres 80) de large sur
28 pieds (9 mètres 07) de long, à l'est de la chapelle, pour
la construction d'un logement destiné au prêtre qui des-
servirait le quartier, tout le reste de la terre devant être
partagé pour y construire des maisons. Il fut arrêté en
même temps que les habitants du quartier du Pradet
demanderaient à l'administration du Directoire du district d'être autorisés à y construire ladite église. On sait
qu'il ne fut pas construit de chapelle.

En 1746, la chapelle du Pradet n'avait pas de prêtre
résidant. En 1802, elle fut érigée en succursale, mais en
1810 le titre de chapelle vicariale ou de secours fut subs-
titué à celui de succursale. Par ordonnance royale du 20
mars 1828, sur la demande pressante, plusieurs fois réi-
térée, des conseillers de la commune de la Garde, l'église
du Pradet fut érigée à nouveau en succursale. En 1808,

M. Mallard, propriétaire, depuis une dizaine d'années, de
la terre dite la *Guberte* et du château domanial du Pradet, affermait à la communauté la chapelle dépendant de
ce château. Mais, en 1844, une nouvelle chapelle étant
construite, il fut fait, par huissier, à M. Mallard, signi-
fication de congé de la chapelle lui appartenant. En 1863,
une nouvelle église fut fondée sur l'emplacement de celle
qui existait depuis 1844 seulement, parce que cette dernière, outre qu'elle était déjà devenue insuffisante, ne
réunissait pas toutes les conditions de solidité désirables.
La construction du nouvel édifice fut confiée à M. Reboul,
entrepreneur maçon, sous la direction de M. Guérin,
architecte du département, M. Révoil, architecte du Gouvernement, étant l'auteur des plans et devis. Le total de
la dépense était de 26,018 fr. 80 c.; mais, par suite de
retenues faites à l'entrepreneur, ce total se réduisit à
24,464 fr. 35 c.

L'église actuelle, sous le vocable de la Visitation-de-
la-Vierge, qui en est la patronne titulaire, saint Raymond-
Donat, patron du village, n'en étant que le patron secondaire, est du style de l'architecture romane de la période
secondaire (onzième et douzième siècles). Son plan est
en croix latine dont les deux bras sont formés de deux
chapelles. On n'y rencontre que le plein cintre. Dans la
nef, voûtes d'arête séparées par des arcs-doubleaux retombant sur des corbeaux en forme de chapiteaux. L'abside, en hémicycle voûté en cul-de-four, avec arcs-doubleaux prenant naissance sur des chapiteaux également
sans pilastres, est précédée de deux autres arcs-doubleaux
portés, cette fois, par des pilastres avec chapiteaux. Toutes
les portes et les fenêtres, ces dernières fermées par des

vitraux peints, ont une imposte dessinée par des moulures. La façade, à pignon, a sa porte traversée, à la
naissance du cintre, par un linteau supporté par deux
colonnettes. Une grande baie plein cintre surmonte cette
porte. Arcs-boutants contre la façade et les murs latéraux. Derrière l'abside, clocher octogone avec flèche en
pierre.

Dans la nef, on voit, à droite en entrant, une toile sur
laquelle est représenté le *Martyre de saint Laurent*, et
où se trouve l'inscription suivante : *Hanc Tabulam
munere donarunt aditui exercentes, anno* M,DCC,XIX
(Ce tableau a été donné en présent par les premiers
pratiquants, dans l'année 1719). Un peu plus loin, est
une très ancienne *Descente de Croix* d'un peintre inconnu.
Sur la paroi gauche de la nef, on remarque un tableau
de la *Sainte-Vierge visitant sainte Elisabeth*. Cette
dernière toile est une copie d'après Poussin. Les peintures murales de l'abside, représentant les quatre *Evan-
gélistes* et les *Apôtres saint Pierre* et *saint Paul*,
sont dues au pinceau de Louis Ponchin, né aux Marti-
gues, qui les a exécutées en 1871.

Chapelle Sainte-Marguerite. — On ignore la
date précise de la construction de la chapelle Sainte-
Marguerite située hors l'enclos ; mais on peut reporter sa
fondation à la première moitié du dix-septième siècle,
puisque, ainsi que nous l'avons vu, celle qui se trouvait
dans le château servait, en 1656, de magasin ou de logement pour le granger. On sait qu'elle a été fondée par un
des seigneurs, qui la donna à la communauté, et qu'elle
a été paroisse jusqu'en 1789. En 1775, elle fut restaurée.

Sa surface n'était, alors, que de 70 mètres carrés, ce qui était bien peu. Après 89, déclarée propriété nationale, elle fut vendue aux enchères en 1798, sur l'offre de 5,000 francs en assignats. Les adjudicataires, Garcin, Muscady et Courbis, après l'avoir fait agrandir et restaurer, la vendirent, le 8 octobre 1806, à M. Bouisson, qui la revendit, le 17 juin 1807, notaire Sénès, à M. François-Laurent Mistral, négociant à Toulon. Puis, M. Mistral fils la donna gratuitement à Mgr Champion de Cicé, évêque d'Aix et d'Arles, à condition qu'elle serait « à perpétuité et exclusivement » destinée au culte catholique. Ce premier agrandissement, en lui donnant 15 mètres 40 de longueur, doubla presque sa surface. En 1867, elle fut agrandie à nouveau de 7 mètres en profondeur, sans rien changer à sa largeur primitive, qui est de 7 mètres 60.

La façade actuelle, dont la hauteur, du sol au faîte du toit à deux égouts, est de 7 mètres, environ, remonte, au plus loin, au commencement du dix-septième siècle. La porte, à plein cintre, est accostée de si près par deux fenêtres à hauteur d'appui, également plein cintre, qu'elle ressemble à une ouverture trilobée. Un oculus ou œil-de-bœuf surmonte cette porte, et deux fenêtres étroites et à plein cintre se trouvent sur chacune des façades latérales. Un clocheton-arcade est à cheval sur le pignon de la façade postérieure. A l'intérieur, tableaux et ornements sans intérêt artistique.

En 1775, sur les plaintes réitérées de la plupart des habitants, qui ne pouvaient plus prendre place dans l'enceinte de l'église, à cause du grand abus des bancs (1)

(1) Anciennement, dans nos églises, on ne voyait que des bancs

qui tenaient beaucoup de place, les maire et consuls pro-
fitèrent de la restauration qui se faisait, pour faire sortir
les bancs, en conservant, toutefois, à la baronne (veuve
depuis dix ans) son droit d'en tenir un. Le 9 juillet de la
même année, le Conseil général de la communauté de
Sainte-Marguerite s'étant réuni en présence de M° Domi-
nique-Hyacinthe Sénès, avocat à la Cour et juge du lieu,
qui leur en avait accordé l'autorisation, délibéra d'adres-
ser une requête au Parlement d'Aix, pour obtenir un
arrêt qui défendit de mettre des bancs dans l'église.
Etaient présents à cette réunion : « MM. François Fisquet,
maire ; Barthélemy Magaud, consul ; et les conseillers :
Louis Chapelle, Giles Degreaux, Pierre Roux, Baltha-
zard Silvestre, François Revest, Jean Nouveau, François
Gros, François Raf, François Martin, Etienne Fournier,
Mathieu Revest, Joseph Fournier, Joseph Pellegrin,
François Vidal, Laurent Catelin, tous possédant biens au
présent terroir. » Par un arrêté de la Cour d'Aix, en date
du 20 juillet, pris à la suite de ladite requête, il fut donné
ordre à tous les particuliers d'enlever les bancs qui se
trouvaient dans l'église, pour être remplacés par des
chaises aux frais de la communauté. Ainsi que cela se
pratiquait à Toulon, chaque chaise devait être livrée
moyennant une rétribution de deux liards (deux centimes
et demi), et d'un sol (cinq centimes) lors des solennités
extraordinaires telles que celle de la fête du lieu, etc.,
en laissant la faculté à ceux qui ne pourraient pas payer

---

en pierre, le long des murs et autour des piliers. Ce ne fut qu'au
seizième siècle qu'on introduisit l'usage des bancs et des chaises en
menuiserie dans les nefs. — VIOLLET-LE-DUC.

les chaises de s'asseoir sur la banquette (banc de pierre) qui existait le long des murs dans l'intérieur de l'église. Le 13 août suivant, l'huissier royal Dupuy, requis par les maire et consul, enjoignit à Louis Gueit, trompette de la commune de la Garde, venu exprès, de lire, publier et afficher sur le devant de la chapelle, l'extrait, en bonne forme, de l'arrêté du Parlement d'Aix pris, le 25 juillet 1775, à la suite de la délibération du Conseil général de Sainte-Marguerite. « A huit heures du matin, à l'issue de la messe, devant la porte de l'église, ledit Gueit, trompette, en présence d'un grand concours de personnes, sur l'injonction de l'huissier royal, à qui Me Fabre, greffier de la communauté de Sainte-Marguerite, avait remis l'extrait de l'arrêt du Parlement, après avoir sonné à plusieurs reprises de la trompette pour rassembler le peuple, et après avoir lu à haute et intelligible voix ledit arrêt, a placardé la délibération sur la principale façade de la paroisse. »

Chapelle Saint-Maur. — Elle a été fondée dans la première moitié du dix-septième siècle. Par acte du 20 décembre 1669, notaire Mollinier, les marguilliers de la chapelle Saint-Maur empruntèrent à la communauté un capital de 300 livres, portant intérêt annuel de 15 livres, pour des réparations à faire au plafond, etc., de cette chapelle. On voit encore, presque dans son entier, l'église Saint-Maur, dont le plan de la grande nef est un rectangle de 19 mètres de longueur sur 7 mètres de largeur. La longueur des bas côtés, qui sont surmontés de tribunes, est de 7 mètres 60 ; leur largeur égale 2 mètres 70. La hauteur, sous plafond, de la grande nef mesure 7 mètres 14. Celle des pilastres supportant les deux arcades inférieures des bas côtés est de 2 mètres 67. Le diamètre des deux arcades superposées, pour les tribunes de ces bas côtés, est le même que celui des arcs inférieurs retombant sur les pilastres, c'est-à-dire de 3 mètres. Toutes les ouvertures sont plein cintre. Sur l'emplacement de la grande maison qui a été adossée à la façade principale de cette église, se trouvait le clocher, assis sur la solide voûte d'un très ancien oratoire servant de porche. Cet oratoire ou petite chapelle primitive, dédiée depuis un temps immémorial à saint Maur, consistait en une épaisse voûte en berceau plein cintre supportée par deux gros murs, et fermée, au nord, par un troisième mur ; le côté du midi, par où on entrait, était clôturé par une grille en fer. Lorsqu'on célébrait le service divin dans cet antique oratoire, les assistants se tenaient sur la voie publique sur laquelle il était situé ; l'officiant et quelques prieurs pouvaient seuls se placer, à cause de son exiguïté, dans l'intérieur, où se trouvaient, contre les murs, des massifs en maçonnerie servant de bancs. On avait adjoint à la chapelle Saint-Maur du dix-septième siècle, un petit ermitage, dont l'ermite était, en 1717, frère Antoine Jullien. Un des derniers ermites, B.-D. Gardanne, originaire de Solliès-Ville, mourut dans ledit ermitage, le 1er février 1765, âgé de 53 ans.

En 1782, on tranféra la paroisse de l'ancienne église Notre-Dame, située au sommet du village, à la chapelle Saint-Maur. Cette transférence n'était que provisoire, car depuis 1778 on avait le plan, fait par Honoré Vaccon, d'une nouvelle église très-vaste (la paroisse actuelle), et les conseillers communaux se disposaient à contracter un emprunt pour le faire exécuter. Malgré le provisoire de cette transférence, on eut beaucoup de peine à l'obtenir de la baronne, qui, à cause de son âge avancé, trouvait bien éloignée de son château la chapelle Saint-Maur. Elle forma opposition, et l'évêque ne voulut pas la permettre. Le Conseil communal donnait pour raison de la transférence l'exiguïté de l'ancienne paroisse, qu'il était impossible d'agrandir, et qui, en retranchant l'espace de la chapelle de l'Annonciade, propriété de la famille de Pontevès-Gien, ne pouvait donner entrée qu'à 388 personnes, ce qui ne faisait que le cinquième de la population. Une autre raison invoquée, était celle de sa situation incommode. Enfin, le Conseil ayant délibéré de faire dire la messe dans la paroisse Notre-Dame, le dimanche et les jours de fête, la baronne consentit à la transférence, pour les frais de laquelle, la commune paya, en deux fois, 1,074 livres 3 sols. La paroisse actuelle n'ayant été livrée au culte qu'en septembre 1828, la chapelle Saint-Maur est restée paroisse pendant quarante-cinq ans.

C'est dans la chapelle Saint-Maur que se trouvait le magnifique buste du saint de ce nom, dont on a fait, à la Garde, un personnage légendaire. L'histoire nous apprend que, dans le commencement du sixième siècle, Maur fut confié, à l'âge de douze ans, par son père, chevalier ou sénateur romain, à saint Benoît, retiré dans le désert de Subiacco, à 50 kilomètres de Rome, pour être élevé dans son monastère, le couvent de Saint-Benedetto, près des monts Apennins, couvent qui existe encore et que j'ai visité en 1847. Après avoir passé vingt ans auprès de son second père saint Benoît, Maur fut désigné par ce dernier pour aller en France, et y fonder

un monastère de son ordre. Après quarante ans de séjour dans ce pays, Maur mourut le 15 janvier de l'année
583, étant âgé de soixante-douze ans environ. Voici,
maintenant, la légende existant à la Garde sur saint
Maur, qui, depuis un temps immémorial, est le patron de
ce village : la tradition locale dit que ce saint et ses
compagnons, de passage à la Garde, parurent suspects,
dans ce temps de brigandages, à quelques habitants qui
les repoussèrent. La légende dit, même, que l'un des
assaillants frappa au visage notre saint. Les autorités du
pays étant intervenues, elles apprirent quels étaient ces
étrangers ; elles surent d'une manière positive qu'elles
se trouvaient en présence du saint abbé auquel Benoît,
dont la réputation de sainteté était connue de tous les
chrétiens, avait confié la mission d'édifier un monastère
aux environs de la ville du Mans. Après avoir retenu
saint Maur et ses compagnons pendant plusieurs jours,
pour leur procurer un repos indispensable, les chefs du
lieu les firent conduire par une escorte armée jusqu'à la
ville la plus voisine. Plus tard, en souvenir du passage
du grand saint Maur à la Garde, et en réparation de
l'offense qu'il y avait subie, on construisit, sous son vocable, un petit oratoire à l'endroit même où il avait été
assailli et frappé. La tradition ajoute que cet oratoire est
le même que celui qui servit longtemps de porche à la
chapelle de l'ermitage Saint-Maur.

Chapelle Sainte-Agathe. — On aperçoit, sur la
rue Sainte-Agathe, l'entrée d'une grande maison avec
jardin ayant appartenu, dans ces derniers temps, à la
famille Olive. L'on remarque aussi, attenante à cette

habitation, la chapelle Sainte-Agathe ou du *Bon-Refuge*. La maison, où l'on voit le millésime 1640 gravé sur le claveau de la porte plein cintre qui donne accès à la cour ou vestibule à ciel-ouvert qui la précède, a appartenu, ainsi que la chapelle, à Henry-François Bousquet, puis à messire Jean-François de Bousquet, avocat, syndic ou consul de Toulon en 1634, qui l'avaient eue, sans doute, de Gaspard Bousquet, leur aïeul, son propriétaire en 1580. A la mort de Jean-François de Bousquet, elle échut par héritage à demoiselle Suzanne sa fille. Cette dernière, morte en 1684, laissa, par son testament en date du 10 mars 1683, ladite maison à son neveu noble Joseph de Bousquet, gouverneur de la ville de Brignolles. Ce dernier se trouvant débiteur, depuis 1674, envers messire Joseph-Paul de Thomas, de la somme de 3,450 livres, céda, en 1714, en payement de cette somme et des intérêts, à Jules-César de Thomas, « la grande maison qu'il possède avec jardin y joignant, écurie, garenne, sueille ou casal au-devant de ladite maison et toutes ses dépendances, visant au nord chapelle dudit Bousquet et au midi *chemin royal* ». Plus tard, messire Hyacinthe de Catelin, fils de Joseph, devint propriétaire de cette maison, dont hérita ensuite le dernier baron de la Garde.

La chapelle, dans laquelle Jean-François de Bousquet et sa fille avaient fondé, le 28 juillet 1653, notaire Bousquet, de Toulon, une chapellenie sous le vocable de Notre-Dame-du-Bon-Refuge, a le haut de sa façade terminé en arc, de manière à dissimuler le toit à deux égouts. La porte est accostée de deux fenêtres à hauteur d'appui. Ces trois baies, à plein cintre et encadrées de pierres de taille, ne sont séparées que par deux étroits pieds-droits

qui leur sont communs. Ce petit édifice, à plan rectangulaire et orienté symboliquement, ayant été converti en
logement, on a aveuglé les deux fenêtres, ainsi que la
niche et l'oculus ou œil-de-bœuf qui surmontaient la
porte. Sur la face postérieure, on voit deux autres fenêtres dont les cadres sont formés de pierres ayant leurs
arêtes biseautées. En 1692, messire Honoré Puget était le
recteur de la chapellenie de Notre-Dame-du-Bon-Refuge,
dans laquelle une messe de l'aube devait être dite tous
les jours. Les recteurs qui lui succédèrent, furent, en
1727, l'abbé Ardisson; en 1757, l'abbé Lion; en 1761,
l'abbé Donat. En 1765, on fit faire, pour la chapelle de
Sainte-Agathe ou du Bon-Refuge, un tableau qui coûta
72 livres.

Chapelle Saint-Laurent. — Cette chapelle, fondée vers la fin du dix-huitième siècle, est attenante au
cimetière. Sa construction suspendue en 1789, n'a plus
été reprise ; on la voit dans l'état d'avancement où elle se
trouvait lorsqu'on l'abandonna. On ne trouve que les
quatre murs ; elle n'a jamais eu de toiture, elle appartient
à M. Laugier.

Chapelle Sainte-Musse. — Près du chemin primitif de la Garde à Toulon, appelé le Chemin-Vieux ou de
Sainte-Musse, on voit une ancienne chapelle, fondée, dit-
on, par la famille de Martinenq, dans la propriété qu'elle
possédait, et qui appartient, aujourd'hui, à M. Cour-
bassier. Le plan de cette petite chapelle est rectangulaire, mais à trois pans dans le sanctuaire. Sa longueur
totale, dans œuvre, est de 7 mètres, sa largeur de 4

mètres 50. Sur les deux murs latéraux, sont pratiquées deux petites niches ou crédences. Il ne reste de cet oratoire que les murs ruinés, qu'envahissent de grands genêts odoriférants. De la porte, on trouve, gisant à terre, les pierres de taille des pieds-droits et les voussoirs du plein cintre, dont le médian porte en creux le millésime 1677. Il est bâti sur une petite éminence rocheuse, et orienté de l'est à l'ouest. Deux peintures sur toile, ayant fait partie de la décoration de ladite chapelle, existent encore. M. Gielh, qui avait acquis des hoirs Martinenq la campagne et la chapelle, a légué à son fils, professeur, celle où l'on voit l'*Ange et Tobie*, et à sa fille, le second tableau, qui représente le *Sacrifice d'Abraham*. Il est dit, dans une pièce des archives de Toulon, datée de 1439 : « les habitants de la Garde ont commis des empiètements au lieu dit Sainte-Mussègue *(sic)* », ce qui laisse supposer qu'il existait, dès cette époque, une chapelle dédiée à sainte Musse dans les environs de celle qu'on y voit aujourd'hui, ou que cette Sainte a été martyrisée vers ce point de notre territoire.

Oratoire. — Dans la région ouest de la Garde, sur un côté de la route départementale, bordée de platanes sur un parcours de plus d'un kilomètre, on voit un petit oratoire en pierres d'appareil réglé, dont la construction semble remonter vers la fin du dix-septième siècle. Le plan de son massif est un rectangle de 90 centimètres, pour le plus grand côté. Sa hauteur mesure 4 mètres. La niche, en berceau plein cintre, a un encadrement mouluré. Dans les demi-tympans, deux petits anges, appuyés sur les moulures de la partie cintrée de l'ouverture de la niche, soutiennent une guirlande de fruits et feuillages. Au niveau de la base de cette ouverture, une corniche règne sur les trois faces vues de la route. Une autre corniche plus grande, surmontée d'un dôme ou calotte demi-sphérique dont l'extrados est sculpté en forme d'écailles de poisson, couronne ce petit édifice. Au-dessous de la niche, se trouve, en relief, un cartouche renfermant une tête d'ange grande comme nature. Cet oratoire, dont les sculptures sont très-frustres, est d'un assez bon style. Il est situé sur le bord de la propriété de M. Gaillard, ancien maire de la Garde. Autrefois, le jour des *Rogations*, une partie de la population se ren-dait processionnellement, le clergé en tête, devant cet oratoire, et y faisait des prières pour les biens de la terre.

Le Prieuré. — La villa ou grand bâtiment du dix-septième siècle, connu sous le nom de *Prioura*, est sur plan rectangulaire. Il a deux étages sur rez-de-chaussée, et son toit est en pavillon ou à quatre pentes. On y trouve des dépendances, telles que cellier, remises, pa-villons, etc., mais nulle trace de chapelle, la construction ou la partie du bâtiment en tenant lieu ayant dû recevoir une autre destination. Le prieuré, dont le véritable titre était celui de Chapellenie de Saint-Etienne, est situé dans le quartier du *Pont de la Clue* ou du *Savel,* et a pour propriétaire M. Roux, qui l'a acquis, en 1871, de M. Pons, qui le tenait de M. Mortemart, capitaine de vais-seau. Ce devait être un prieuré simple, sans religieux, ayant seulement un prieur ou recteur jouissant d'une partie des revenus de l'Eglise. A une certaine époque, il y eut procès entre le seigneur baron de la Garde et

le prieur ou recteur de la Chapellenie de Saint-Etienne,
sans doute au sujet des dîmes. Il résulte d'un acte du 16
juin 1648, notaire Arnaud, que ladite chapellenie existait
à cette date. Par acte de vente du 4 août 1768, notaire
M⁰ Mollinier, elle devint la propriété de messire Jules-
André Deydier de Pierrefeu, prêtre, archidiacre de la
cathédrale de Toulon ; et le 2 avril 1785, messire Deydier
agrandit son domaine de deux pièces de terre qui lui
étaient contiguës, et que lui vendit Louis-Jacques Remouit
receveur des droits de M. l'amiral (1). En 1788, l'archidiacre Deydier possédait encore la chapellenie de Saint-
Etienne. On trouve dans des minutes notariales, outre le
nom de Jules-André Deydier, les noms de Francois, fils
et héritier, en 1699, de feu André, receveur des *dixmes*,
dans le diocèse de Toulon ; de André-Louis, prêtre de
l'oratoire de Jésus, également fils d'André, et de deux
autres membres de la même famille, l'un chanoine, l'autre évêque. Dans les premières années du dix-huitième
siècle, la dîme perçue, dans le prieuré de la Garde, était :
celle des grains, du *dix-septième et demi pour cent* ;
celle des raisins du *quinzième ;* celle des agneaux du
quinzième, et du *trentième* pour les étrangers.

Savonnière. — Au bas du versant est de la Garde,
on aperçoit les restes d'un grand et fort bâtiment rectangulaire, ayant 22 mètres de longueur sur 16 mètres de
largeur, dont les murs ont au moins 1 mètre d'épaisseur.
On y voit une grande cheminée voûtée, où l'on plaçait
les chaudières. Les pierres sont encore noires de la fumée,

(1) Minutes de M⁰ Bertrand, notaire, successeur de M⁰ Thouron.

qui s'échappait par une ouverture pratiquée au sommet
de la voûte. Cet établissement existait au seizième siècle,
époque où l'on comptait un grand nombre de fabriques
de savon à Toulon. Dans un inventaire des biens du seigneur Nicolas de Thomas, dressé, en 1580, par Mᵉ Gaspard Garelly, notaire, il est dit : « ... plus la ferrage de la
sabonnière eue du dit Pontevès, bornée de chemin et sa-
franière et cazaux y joignante » (1). Il n'y a pas bien longtemps, on voyait, tout près, dans le quartier Sainte-Anne,
les restes d'une ancienne chapelle ayant eu quelque importance. Comme elle se trouvait dans l'alignement de la
grande route actuelle, on s'est vu dans la nécessité, lorsqu'on élargit cette dernière, de la démolir complètement.

Abattoir. — Le bâtiment dit l'*Abattoir* appartenait
au seigneur de la Garde, qui l'affermait. Il était à 200
mètres, au nord, du puits de Saint-Maur. Après la
révolution de 89, il est devenu une dépendance de la
maison de campagne ayant appartenu à M. Laugier, ancien maire de la Garde. Malgré sa transformation, on
en voit encore des restes, servant d'écuries, à la ferme
du château de M. Emile Lambert, négociant, consul de
Portugal.

Pont de la Clue. — Ce pont traverse la rivière de
l'*Eygoutier* dans le parcours du chemin de la Garde à

---

(1) Le chemin qui longe, à l'ouest, la savonnière, et qui rejoint,
au sud, l'ancienne calade par laquelle on monte au village, s'appelle le Chemin de *la Figuière dei garris* (rats). Ce nom lui
vient d'un figuier, situé à côté, dont les branches, en rampant sur
le sol, procuraient aux rats un accès facile pour se nourrir de ses
fruits.

Sainte-Marguerite. Il a dû être construit à la suite de la
transaction intervenue, en janvier 1477, entre Jean de
Glandevès, seigneur de la Garde, et les communes voisines dont les habitants possédaient des terres au terroir
garden, transaction d'après laquelle lesdites communes, la
Valette et Toulon, contribuèrent, avec celle de la Garde,
au creusement, surtout à travers le *Collet* (colline) de la
Clue, d'un fossé large et profond, capable de faire écouler
les eaux qui, en toute saison, faisaient de la plaine de la
Garde un marais ; le résultat principal de cette entreprise
devant être celui d'assainir et de fertiliser cette plaine.
Déjà, au commencement du quinzième siècle, le ruisseau
de l'*Eygoutier* avait été canalisé dans son parcours sur
le territoire de Toulon. En 1613, la Cour de Provence
accorda à Jean Noble, écuyer de la ville de Toulon, dont
il devint premier syndic ou consul en 1629 et 1635, l'autorisation de construire une écluse sur l'*Eygoutier* pour
moulin à farine ; moulin qui doit être celui, dit de
M. Aguillon, qu'on rencontre au quartier de la *Barre* ou
des *Améniers*. Le pont de la *Clue*, situé dans la commune
de la Garde, dont il n'est éloigné que de 2 kilomètres, est
formé d'une seule arche à plein cintre ayant 12 mètres 20
de diamètre. Construit, d'abord, à voie étroite, en 1782
on l'élargit et on donna plus de hauteur aux nouveaux
parapets ou garde-fous. Son nom lui vient de la colline
qui, en se repliant le long du chemin de Carqueiranne,
opposait une barrière à l'écoulement des eaux de la
plaine, et que, pour cette raison, on appelait au quinzième siècle, *Collet de la Clue*, du mot latin *clusus*,
clusa, signifiant fermé ou resserré. A cent mètres environ, en amont du pont de la *Clue*, le petit *Eygoutier* se

jette dans le grand *Eygoutier*. Le premier prend naissance au quartier de la *Planquette*, à l'endroit dit le *Pesquier* (pêcherie) ; le second a sa source au quartier de l'*Estagnol* (étang), et son embouchure dans la grande rade de Toulon. Il est alimenté dans son parcours par les eaux de la *Fous*.

Pont du Suve. — Ce pont, très-bien construit, en pierres dures de grand appareil à assises régulières, doit, sans doute, son nom à un *suve* (chêne-liège) séculaire, qui se trouvait à côté, et qui a été abattu. L'arche dont il est composé est en anse de panier, et son axe longitudinal est dans la direction de l'antique chemin de la Valette à Sainte-Marguerite. Il a dû remplacer un très ancien pont à voie étroite. Lors de l'expertise faite, en 1666, par le conseiller Dedon, assisté de deux experts, pour déterminer les limites séparatives des territoires de Sainte-Marguerite et de la Garde, il existait à la même place un pont de ce nom.

Pont de l'Eygoutier. — Ce vieux pont rustique, à deux arches, dont la pile a reçu, après coup, un éperon en briques, traverse la rivière de l'Eygoutier, près de la Fous. A la suite des grandes pluies d'hiver, son passage est, quelquefois, intercepté pendant plusieurs jours, par les eaux qui inondent la plaine. C'est dans son voisinage que campa, en 1707, une partie de l'armée des alliés venue pour assiéger Toulon. C'est aussi vers ce pont que s'enfuirent, en grand nombre, les Piémontais et les Hessois, après avoir perdu leurs positions autour de Toulon, et avoir été repoussés et mis en désordre par les canonniers de marine. Jusqu'au moment d'abandonner la Valette et la Garde, les soldats de l'armée du duc de Savoie firent tout le mal qu'ils purent ; détruisant tout ce qu'ils ne pouvaient emporter. Même la bastide communale servant de logement à l'éclusier ne fut pas épargnée.

Camp des Anglais. — Sur le point le plus culminant de la colline du Touart, dont l'altitude est de 131 mètres, se trouvent les restes d'un camp retranché établi par les Anglais pendant le siège de Toulon en 1793. Pour le mettre à l'abri des attaques, ils avaient entouré ce camp de gros murs en pierres posées à sec, derrière lesquels furent placées des pièces d'artillerie. On lit, dans le tome II, page 95, de l'*Histoire de Toulon* par Henry : « L'ennemi établit un camp considérable sur la hauteur du Thouars, et renforça les troupes qui étaient au village de la Garde et au château de Sainte-Marguerite. — Novembre 1793. » On distingue encore parfaitement le périmètre de cette fortification ruinée, qui, bien que perdue dans les bois et les broussailles, est facile à trouver en y allant par le chemin, pittoresquement accidenté, dit du Touart, conduisant de la Garde à la Valette. Arrivé sur la crête de la colline, entre les bornes kilométriques 12,6 et 12,7, d'où l'œil découvre d'admirables perspectives, on tire vers l'ouest, en passant dans une clairière. La colline du Touart s'étend de l'ouest à l'est, en formant une courbe très sensible. Son nom ne lui viendrait-il pas du mot provençal *touart*, touarta, (du latin *tortus*), qui signifie tordu, courbé ?

Camp des Républicains. — Sur la hauteur de Ped-rascas (1) (colline pierreuse), qui est un contrefort de la montagne de Coudon, et qui domine et commande, à l'endroit nommé *Pierre-ronde* (2), la route nationale d'Italie, on voit les restes d'un camp considérable, avec redoutes avancées et murs de défense s'étendant, autrefois, au loin en coupant perpendiculairement ladite route nationale, le tout en pierres sèches, c'est-à-dire sans mortier. Pendant le siège de Toulon, en 1793, une partie de l'armée républicaine, pourvue de cavalerie, s'était établie derrière ces retranchements construits par elle et des cultivateurs requis pour ce travail. Ainsi que son nom l'indique, la colline de *Ped-rascas* est une véritable *pierraille*, couverte, cependant, de pins, de lentisques et de broussailles. Elle fait le désespoir des chasseurs qui s'y aventurent à la poursuite du gibier.

Port-Magaud. — Quel charmant endroit que la baie de ce nom ! Bien des fois, vers le soir, à l'ombre des rochers de l'*Ilête* et des pins qui la couvrent, j'ai éprouvé un plaisir indicible à la vue des belles falaises en calcaire que domine, à une altitude de 50 mètres, l'antique château de Sainte-Marguerite. Cette petite baie a pris le nom d'une famille possédant, depuis un temps assez éloigné, une bastide assise dans le haut d'un terrain vallonné qui

---

(1) De *Ped* ou *pe*, signifiant montagne, colline, mont; et de *rascas*, pris adjectivement, qui veut dire pierreux. — *Dictionnaire Provençal-Français*, par S.-J. HONORAT.

(2) Ce nom lui vient d'un rocher ou grande pierre de forme arrondie qui se trouvait sur le bord de la route, au nord, et qu'on a fait disparaître en la brisant, parce qu'elle gênait.

l'avoisine, et dont un membre, Barthélemy Magaud, était
en 1775, consul de la commune de Sainte-Marguerite.
Acquise, depuis plusieurs années, par M. Bourgarel, consul d'Espagne à Toulon, la propriété Magaud a été trans-
formée en une délicieuse villa. L'*Ilète*, que j'ai citée, et
qui fait partie du territoire toulonnais, est une petite
presqu'île qui porte ce nom depuis un temps immémorial.
Elle sépare l'anse de *Port-Magaud* de celle de *Port-
Méjan*, dont le nom remonte également à des temps
bien éloignés. C'est vers le point milieu de l'isthme que
commence la limite séparative des territoires de la Garde
et de Toulon, pour se diriger, en suivant le chemin, jusqu'au pont du *Suve* ; et, de là, en remontant l'Eygoutier
et un ruisseau qui y afflue, jusqu'à la *Ginouze* et à la
chapelle Sainte-Musse, etc. Les baies de *Magaud* et de
Méjan, qui servent d'abri à des barques de pêcheurs et
d'amateurs, sont visitées, en toute saison, par les habitants des quartiers du Cap-Brun, de Sainte-Marguerite, etc., où se trouvent de nombreuses villas. Elles sont
également fréquentées par des touristes et des artistes.
Pendant la saison des bains de mer, les Valettens s'y
rendent, de préférence à tout autre point de la côte, par
une route qui y conduit directement, et qu'on nomme,
encore aujourd'hui, le chemin de la Valette à Sainte-
Marguerite. Pendant le siège de Toulon de 1793, les
Anglais opérèrent un débarquement dans la baie de Port-
Magaud.

Cros-des-Pins. — C'est un des points les plus pittoresques et les plus ombragés de la côte. De grands pins
s'étagent contre la falaise, en hémicycle, à pentes acces-

sibles, et couverte, de ci, de là, de gazons, d'arbustes, de roches éboulées. Au bas, est une plage et une petite calanque, entourée de rochers, où des amateurs de pêche abritent leurs bateaux. Ce charmant lopin de terre, qui est propriété communale, a changé de nom ; dans les siècles passés, on l'appelait *Cros-des-Pins*, aujourd'hui, on le nomme *Pins-de-Galle*. Il est un des rendez-vous favoris des habitants des lieux voisins, pour les bains, et les *foccades* ou parties de mer. Le peintre Courdouan s'est fait un nid sur cette partie de la côte, tant de fois illustrée par son savant et gracieux pinceau.

Le Vaisseau. — Entre *Cros-des-Pins* et *Port-Bonnette*, presque au pied du délicieux séjour de *San-Peyre*, on voit des rochers affectant, par leurs disposition, en s'avançant dans la mer, la forme d'un grand vase ovalaire. Le lieu où sont situés ces rochers est très fréquenté par les pêcheurs à la *cannette* et les baigneurs. On l'appelle *Le Vaisseau*, nom sous lequel il était désigné au quatorzième siècle, et où se trouvait un poste de pêche fréquenté par les patrons pêcheurs de Toulon, qui, à tour de rôle, y calaient leurs filets. Je ne pense pas qu'on doive attribuer au naufrage de quelque vaisseau, le nom donné à ce point du rivage garden. Ce nom doit lui venir des rochers qu'on y rencontre, et dont l'ensemble dessine, comme je viens de le dire, la forme d'un grand vase ou vaisseau oblong. Le nom de certains objets leur vient très-souvent de leur forme. Ainsi, on appelle un coin de la même côte, *La Rougnoua*, parce que une grande roche qui s'y trouve est déchiquetée, couverte d'aspérités ; ce qu'exprime parfaitement le mot provençal *rougna, rougno* (gale, rogne), dont *rougnous, oua*, est l'adjectif. En suivant le bord de la mer pour se rendre au golfe Garonne, on aperçoit d'autres rochers, isolés et s'élevant en pointes au-dessus de l'eau, qui sont connus sous le nom de *Lei Banetos* (les petites cornes), diminutif de *banos* (cornes).

Val-Bonnette. — Quand le mistral (vent maître) ou la trémontane (vent du nord) se déchaine dans la plaine, renversant, parfois, de grands arbres ou compromettant les récoltes, l'on se trouve heureux dans cette petite vallée complètement à l'abri de ces deux maudits visiteurs. Et puis, quel aimable décor que ce vallon avec ses ramifications, ses terrains mouvementés et en partie couverts de beaux arbres, ses charmantes villas, et sa petite plage, à fond égal et sablonneux, qu'encadrent, en l'abritant, des falaises couronnées de pins ! A l'époque des baignades, la plage de Port-Bonnette est, de toute la côte gardenne, l'endroit le plus fréquenté par les habitants du Pradet et de la Garde, non seulement parce qu'elle est à une faible distance de ces deux villages, mais aussi parce qu'on peut s'y rendre en voiture. Comme on voit, ce n'est pas sans raison qu'on a donné le nom de Val-Bonnette (vallée bonne) à cet aimable coin de terre et de mer. Le très regretté peintre paysagiste Aiguier, mort à la peine, avait planté sa tente au milieu de cette vallée, entouré des modèles qu'il affectionnait le plus, et dont il a tiré le meilleur parti pour ses tableaux.

Les divers points de la côte que je viens de décrire, particulièrement Val-Bonnette, où il se tint caché dans un cabanon pendant plusieurs jours, et Pins-de-Galle,

me remettent en mémoire la fuite de Murat. On
sait qu'après la défaite de Waterloo — 18 juin 1815 —
Murat Joachim, maréchal de France, roi de Naples,
se réfugia dans le Var. Prévenu qu'on complotait
contre sa vie, il se rendit à Toulon, puis se cacha dans
les environs. Sa tête ayant été mise à prix, ses amis lui
procurèrent le moyen de se rendre en Corse, d'où il
partit, dans la nuit du 22 septembre 1815, pour Naples.
On sait aussi qu'il fut fusillé au Piso, lieu de son débarquement. Mais un détail qui, je crois, est resté ignoré,
c'est comment et par qui Murat fut conduit à bord de la
grosse tartane qui l'attendait, en louvoyant à l'entrée de
la rade de Toulon, pour le passer en Corse. En parcourant
le rivage garden, où il se tenait caché, il aperçut, enfin, à
Pins-de-Galle, un petit bateau, dans lequel se trouvait un
cultivateur du voisinage, amateur de pêche, nommé Niel.
S'étant approché, il lui proposa de le promener sur mer,
ce qui fut accepté. Une fois éloignés du rivage, Murat
demanda à Niel s'il ne pourrait pas le conduire jusqu'au
navire qu'ils apercevaient ; ce dernier s'obstinant à refu-
ser d'aller plus loin, en donnant pour raison de son refus
la petitesse de sa barque qui ne lui permettait pas de
s'aventurer au large, le roi de Naples tira alors de sa
sacoche un pistolet et lui enjoignit, avec menaces,
de le conduire jusqu'à la tartane en vue. Il fallut
obéir. Arrivé à bord, Murat remercia Niel, en même
temps qu'il lui remit deux louis d'or, chacun de quarante francs (1).

(1) Ces derniers renseignements m'ont été donnés par le fils aîné
de Niel, qui vit encore.

Golfe Garonne. — Le quartier et le golfe « de la Garonne » sont reliés au Pradet par un chemin accidenté, serpentant dans une pittoresque vallée. Au quinzième siècle, les pêcheurs de Toulon avaient dans ce golfe un poste de pêche désigné sous le nom de *Poste de la grande plage*, pour le distinguer de celui de Port-Bonnette, nommé *Poste de la petite plage*. Il est possible que le nom de Garonne n'ait été donné que plus tard à cette baie et au terroir qui l'entoure, à la suite de la création d'une pêcherie ou réserve de pêche. Dans ce cas, le mot Garonne pourrait bien avoir pour radical celui de garenne (en vieux provençal *garuna, garouno*) signifiant lieu de réserve pour la chasse ou la pêche. On ne devrait pas trouver surprenant que les seigneurs de la Garde, qui étaient puissants et propriétaires de la Colle-Noire, aient eu une réserve de pêche, alors qu'ils avaient une réserve de chasse dans le bois clos de Sainte-Marguerite, où ils chassaient même le chevreuil. Le mot gare (en provençal *garo* et *garouno* ou petite gare) pourrait bien aussi être le radical de Garonne, car on dit encore, en provençal, *garar, guarar*, pour se garer, prendre garde, se mettre à l'abri. On trouve, dans le golfe Garonne, baignés par la mer, des restes d'anciennes constructions qu'on nomme *le Magasin*. Ces restes seraient-ils ceux de l'ancien bâtiment qui avait fait donner le nom de *Poste de la Bastide*, à une station de pêche établie, au quinzième siècle, à côté de celle dite de la Grande Plage, ou d'un magasin pour renfermer soit les engins de pêche de la garenne ou réserve seigneuriale, soit ceux des pêcheurs de Toulon ? Toujours est-il qu'on ne trouve pas, dans les documents sur la pêche aux environs de Toulon, les preuves de l'existence d'une *madrague* sur la côte gardenne. Les seules madragues établies dans les environs de cette côte, étaient celles de Gyen et de Toulon. Le quartier de la Garonne est très abrité, aussi y voit-on plusieurs grandes villas, autour desquelles croissent des plantes exotiques. Il y a lieu de s'étonner qu'il ne s'y en trouve pas un plus grand nombre. Dans les siècles passés, des potiers étaient établis dans la vallée, près de la mer. Les derniers potiers ou tuiliers, qui se sont bornés à la fabrication pour le bâtiment, sont Lombard, Gence, etc. Un des plus anciens propriétaires connus, dans le quartier de la Garonne, dont les descendants possèdent encore les terres avec bastides se nommait Joseph-Roch Bœuf. Par acte du 4 septembre 1746, notaire Hugues, Bœuf avait acheté une bastide dans le quartier de la Garonne; il possédait, en outre, une terre près de là, au quartier des *Pinèdes*, terre faisant partie de la dot de sa femme Thérèse Basset.

C'est par la plage de la Garonne, que, en 1707, la flotte ennemie, composée de plus de cent voiles, dont quarante-huit vaisseaux de ligne, se mit en communication avec l'armée du duc de Savoie, forte de quarante mille hommes, qui était campée depuis le 26 juillet entre la Valette et la mer. Elle ne s'éloigna qu'après avoir débarqué les canons, les munitions et les vivres nécessaires à cette armée venue pour assiéger Toulon.

Pointe de Carqueiranne. — Cette pointe ou cap, qui abrite le golfe Garonne et fait partie depuis un temps immémorial du territoire de la Garde, est un contrefort de la Colle-Noire. Ce quartier, que quelques-uns appellent le Rivage d'Or, est, avec les îles d'Hyères et la montagne de Sicié, le point le plus méridional de la côte depuis l'embouchure du Rhône jusqu'à Gênes. Il est sensiblement rapproché de Toulon depuis qu'on a construit une route superbe, mais montueuse, qui, prenant naissance au Pradet, parcourt, dans plusieurs sens et à travers des sites variés, la Colle-Noire, d'où l'on découvre de ravissants horizons. On voyait autrefois, à la pointe de Carqueiranne, une antique tour ou poste de guette (1). Cette tour n'existe plus, on n'en trouve pas même la souche. Elle devait se trouver sur l'emplacement occupé par la batterie reconstruite, dite de Carqueiranne, et non sur le sommet du Baou-Rouge, bien qu'appelé, de nos jours, la Croix-des-Signaux (2), d'où on ne peut apercevoir le château de la Garde, visible, au contraire, de la batterie, par l'échancrure que forme, sur le rideau de collines du bord de la mer, la vallée de Val-Bonnette. On voit près de là, dans le quartier de la Grande-Oursinière, un petit port de ce nom ; port naturel, parfaitement abrité et pouvant contenir une centaine de barques de pêche. Malheureusement, surtout lorsque les eaux sont basses, les bateaux un peu grands ne peuvent pas franchir la passe, qui se trouve obstruée par le sable et le gravier refoulés par le remous

(1) « ... *Item debet fieri farotium sive gardia in dicto loco de Possalh* (pointe où l'on voit la Grosse Tour, à l'entrée de la rade de Toulon), *territorii civitatis Tholonensis, quod respondere debet ad caput de Carqueyrana, in territorio de Garda* ».— Document à la date du 30 juin 1303. — GUSTAVE LAMBERT, *Œuvre de la Rédemption des Captifs.*

(2) On appelait *Croix des signaux* un mât planté verticalement, avec un autre mât plus petit disposé horizontalement de manière à former une croix aux bras de laquelle on suspendait les signaux.

de la mer. Il y a quelques années, une tartane chargée
de bois, en perdition par suite de la violence du vent, ne
put trouver son salut qu'en se jetant volontairement dans
la passe de ce petit port. Il est probable que les travaux
que doit faire exécuter la marine sur ce point de la côte,
nécessiteront l'approfondissement de cette petite darse
naturelle, en même temps que la construction de quelques mètres de jetée en redan à l'extrémité de la digue
existante, formée par la nature. Ce musoir, ainsi disposé,
pourrait empêcher ou du moins retarder l'ensablement
de l'entrée du Port-de-l'Oursinière.

La Colle-Noire. — Cette montagne, dont l'altitude
est de 295 mètres, tire son nom de la couleur sombre des
pins dont elle est presqu'entièrement couverte. En 1742,
les bois de Carqueiranne, ainsi que la bastide dite *La
Grossette* (?) et le versant sud de la Colle-Noire, au bas
duquel se trouve le Cannet-bas, terres nobles appelées la
Seigneurie, appartenaient au marquis Tripoli-Panisse-
de-Passis, qui les tenait par héritage de Henry de
Thomas, fils de Auguste de Thomas mort en 1698. Ce
qui porte à penser que l'échange de la partie de la Colle-
Noire appartenant à la communauté d'Hyères, contre
l'eau du canal du moulin seigneurial de Grenouille, a eu
lieu au dix-septième siècle, au plus tard. On rencontre
à la Colle-Noire des débris volcaniques, consistant en des
dykes de mélaphyre ou variété de porphyre appelée grès
vert ou bleu. On y trouve une mine de cuivre, anciennement exploitée par les Romains ; ce qui vient à l'appui
de ce dire, c'est la découverte, dans des excavations, à l'é-
poque où une Société marseillaise en reprit l'exploitation,

de poteries de provenance gallo-romaine. On voit aussi l'ouverture et un puits comblés d'une ancienne mine d'argent, abandonnée à cause de son rendement insigni- fiant. L'endroit de la côte où elle est située a pris le nom de l'*Argentière*. Tout près, au bord de la mer, est une petite source intarissable, où les pêcheurs et, même, les habitants du quartier viennent s'approvisionner en temps de grande sécheresse.

TABLE DES MATIÈRES

NOTICE HISTORIQUE ET STATISTIQUE

PROMENADES ARCHÉOLOGIQUES

ET ARTISTIQUES

PÉRIODE GALLO-ROMAINE

PÉRIODE MOYEN AGE

PÉRIODE MODERNE

Toulon. — Imprimerie A. ISNARD ET Cie, boul. de Strasbourg, 56.